CARVÃO ANIMAL

ANA PAULA MAIA

CARVÃO ANIMAL

2ª edição

EDITORA RECORD
RIO DE JANEIRO • SÃO PAULO
2021

CIP-BRASIL. CATALOGAÇÃO-NA-FONTE
SINDICATO NACIONAL DOS EDITORES DE LIVROS, RJ

Maia, Ana Paula

M184c   Carvão animal / Ana Paula Maia. – 2ª ed. – Rio de Janeiro: Record, 2021.
2ª ed.

ISBN 978-85-01-09223-6

1. Romance brasileiro. I. Título.

CDD: 869.93
11-0110   CDU: 821.134.3(81)-3

Copyright © Ana Paula Maia, 2011

Capa: Retina 78

Texto revisado segundo o novo Acordo Ortográfico da Língua Portuguesa.

Todos os direitos reservados. Proibida a reprodução, no todo ou em parte, através de quaisquer meios.

Direitos exclusivos de publicação em língua portuguesa somente para o Brasil adquiridos pela
EDITORA RECORD LTDA.
Rua Argentina, 171 – Rio de Janeiro, RJ – 20921-380 – Tel.: 2585-2000

Impresso no Brasil

ISBN 978-85-01-09223-6

Seja um leitor preferencial Record.
Cadastre-se em www.record.com.br e receba
informações sobre nossos lançamentos e nossas promoções.

EDITORA AFILIADA

Atendimento e venda direta ao leitor:
sac@record.com.br

"Tu és pó e ao pó tornarás."

Gênesis 3:19

Apresentação

Este livro encerra a trilogia *A saga dos brutos*, formada pelas novelas *Entre rinhas de cachorros e porcos abatidos* e *O trabalho sujo dos outros*, ambas contidas no livro que dá título à primeira novela.

Carvão animal é um romance que se passa dez anos antes das duas primeiras histórias, e assim encerra uma saga que teve por fundamento expor como o caráter do ser humano pode ser moldado pelo trabalho que executa, como o meio intervém na construção das identidades e como essas identidades modificam o meio. Evidente que, se olharmos para os lados, muito ainda deve ser contado. Ainda há muitos brutos para admirarmos.

Capítulo 1

No fim tudo o que resta são os dentes. Eles permitem identificar quem você é. O melhor conselho é que o indivíduo preserve os dentes mais que a própria dignidade, pois a dignidade não dirá quem você é, ou melhor, era. Sua profissão, dinheiro, documentos, memória, amores não servirão para nada. Quando o corpo carboniza, os dentes preservam o indivíduo, sua verdadeira história. Aqueles que não possuem dentes se tornam menos que miseráveis. Tornam-se apenas cinzas e pedaços de carvão. Nada mais.

Ernesto Wesley arrisca-se todo o tempo. Lança-se contra o fogo, atravessa a fumaça preta e densa, engole saliva com gosto de fuligem e conhece o tipo de material dos móveis de cada ambiente pelo crepitar das chamas.

Acostumou-se aos gritos de desespero, ao sangue e à morte. Quando começou a trabalhar, descobriu que nesta profissão há uma espécie de loucura e determinação em salvar o outro. Seus atos de bravura não o fazem julgar-se herói. No fim do dia, ainda sente os seus impactos. É na tentativa de preservar alguma esperança de vida em algum lugar que todos os dias ele se levanta e vai para o trabalho.

Seus fracassos são maiores do que os sucessos. Entendeu que o fogo é traiçoeiro. Surge silencioso, arrasta-se sobre toda a superfície, apaga os vestígios e deixa apenas cinzas. Tudo o que uma pessoa constrói e tudo o que ostenta, ele devora numa lambida. Todos estão ao alcance do fogo.

Ernesto Wesley não gosta de atender a ocorrências de acidentes automobilísticos ou aéreos. Não gosta do ferro retorcido e muito menos de ter de serrá-lo. A motosserra lhe causa mal-estar. Enquanto separa as ferragens, o tremor do corpo o faz perder por breves instantes a sensibilidade dos movimentos. Sente-se rígido e automático. Um erro é fatal. Se alguém erra numa profissão como esta, torna-se maldito, um condenado. É preciso arriscar-se o tempo todo. É para isso que é pago. É para isso que serve. Foi treinado para salvar, e, quando falha, os olhares de decepção dos outros fazem a sua honra arrastar-se em pó.

A única coisa que gosta de enfrentar é o fogo. Desviar das labaredas e correr das chamas violentas quando encontram abundante oxigênio. Arrastar-se no chão que range sob seu ventre, sentir o calor atravessar seu uniforme, a queda de um reboco, o desabamento de um andar sobre o outro, a fiação pendurada e as paredes partidas. O crepitar das chamas que cronometram seu tempo de resistência, o iminente instante da morte e, por fim, suportar um peso maior que o seu sobre as costas e resgatar alguém que nunca mais esquecerá seu rosto embaçado pela fuligem preta.

Ernesto Wesley é o melhor no que faz, mas pouca gente sabe disso.

Sorri para o espelho do banheiro e em seguida passa fio dental nos dentes. Limpa cuidadosamente todos os vãos e conclui a limpeza com um enxágue bucal sabor menta. Seus dentes são limpos. Poucas obturações. Um molar possui uma jaqueta de ouro. Derreteu a aliança de casamento da mãe morta e revestiu o dente. Isto é para identificação, caso morra trabalhando ou em outras circunstâncias. Ter um dente de ouro é peculiar, e isto fará com que o reconheçam com maior facilidade.

— Como está o Oliveira? — pergunta um homem usando o mictório.

— Disseram que bem — responde Ernesto Wesley. — Mas tiveram de amputar a mão.

— Diabo!

O homem termina de usar o mictório e aproxima-se da pia para lavar as mãos. Olha para elas e suspira. A água sai num fio de cor bege.

— Essa torneira vive com defeito — diz o homem.

— Não é a torneira. Tem pouca água aqui.

— Essa água está imunda.

— É o encanamento velho. Está tudo velho.

— Isso me faz sentir ainda mais velho. Acharam a dentadura do Guimarães?

— Eu procurei nos escombros, mas não encontrei.

— Como identificaram o corpo?

— Uma marca de nascença nos pés. Aquele pé ficou praticamente intacto justamente pra identificá-lo.

— Sem os dentes, só mesmo um lance de sorte como este.

— O Guimarães teve muita sorte mesmo. Seis corpos estão destruídos e ainda sem identificação. Tem outro colega sumido.

— Sei... o Pereira.

— Agora, só quando a perícia liberar.

— O Pereira tinha dentes pequenos e pontudos.

— Eram horríveis e estavam cariados.

Os dois homens entreolham-se pelo espelho e permanecem escutando por alguns segundos o arrulhar inquietante da lâmpada fluorescente que crepita vez ou outra insinuando queimar a qualquer instante.

— São aqueles dentinhos feiosos que vão salvá-lo agora — comenta Ernesto Wesley.

— Se vão. Eu mesmo encontraria o Pereira só em olhar para aqueles dentes.

— Dentes de tubarão.

A porta do banheiro é aberta por um homem baixo e de olhar perscrutador. Ele segura uma prancheta.

— Vocês dois precisam atender um sinistro.

Ernesto Wesley termina de usar o mictório e fecha a braguilha.

— Batida de dois carros e um caminhão. Tem gente presa nas ferragens.

— O Frederico é bom em serrar.

— Ele está de folga hoje. Só tem vocês dois.

— Quantas vítimas?

— Seis.

— Bêbados?

— Dois deles.

— Me sinto mais a porcaria de um catador de lixo — murmura Ernesto Wesley, que estava calado até o momento.

— Não deixa de ser — diz o homem.

Os dois homens seguem o terceiro e vão para o caminhão. A ocorrência fica a cinco quilômetros, numa autoestrada.

— Vontade de fumar — diz Ernesto Wesley.

— Eu também. Não sei como você consegue ter dentes tão brancos.

— Uso bicarbonato de sódio pra clarear.

— Você tem os melhores dentes do grupamento, Ernesto.

— E você tem os melhores incisivos que já vi em alguém. Um retângulo perfeito que deixa uma mordida inconfundível nos seus sanduíches.

— Você já percebeu isso?

— Eu e todo o grupamento. Sei quando um resto é seu pela mordida.

O homem, admirado, ajeita a fivela do cinto de segurança até ouvir o *clic*.

— Não gosto de serrar. Fico apreensivo — murmura Ernesto.

— Talvez não será preciso.

Ernesto Wesley olha para o céu. Está estrelado e a lua ainda não apareceu. Ele estica os olhos e revira a cabeça, mas não a encontra.

— Acho difícil. Alguma coisa me dizia que hoje eu ia usar a motosserra — comenta Ernesto Wesley.

— Odeio bêbados — murmura o homem.

— Eu também — concorda Ernesto Wesley.

— É como se fosse ontem minha irmã morta na estrada das Colinas.

— Eu me lembro. Tive de arrancar o sujeito das ferragens. Um careca desgraçado.

— Ele partiu ela ao meio.

— Me lembro disso também.

— Queria matar o desgraçado na ocasião. Cheguei a isso aqui, ó, de matar o sujeito.

— Somos pagos pra salvar até mesmo os desgraçados, carecas e bêbados filhos da puta.

— Eu tô cansado de tanta merda de gente irresponsável.

— Vamos ter de conviver com o cheiro dessa merda. Afinal, nos pagam pra isso — conclui Ernesto.

Ernesto Wesley abaixa a cabeça, resignado. Os olhos ardem, lacrimejam, mas ele não chora faz três anos. Não consegue desde então. Suas lágrimas evaporaram.

O silêncio recai sobre os homens. Estão cansados, mas aprenderam a agir por impulso. Já conhecem seus limites e eles são extensos. A autoestrada margeia um rio e Ernesto Wesley o observa ao largo de uma extensão que faz seus olhos espremerem-se na tentativa de alcançar os limites das doces e imundas águas turvas, como se procurasse em vãos que estreitam para o fim algum sentido ou destino, mas nem sempre é possível ir além do que os olhos conseguem atingir. Ernesto Wesley é um brutamontes de ombros largos, voz grave e queixo quadrado, porém tudo isso se torna pequeno caso se repare em seus olhos. São olhos profundos, de cor negra e de intenso brilho. Mas não é um brilho de alegria, senão do fogo admirado e confrontado diversas vezes. Quando se atravessa a barreira de fogo que ilumina o seu olhar, não há nada além de rescaldo. Sua alma abrasa e seu hálito cheira a fuligem.

Até completar dezesseis anos, Ernesto Wesley confrontou quatro incêndios nas casas em que morou. Sua família pacífica era constantemente coagida pelo fogo que começava sorrateiro em algum cômodo da casa. Nunca se feriram gravemente. Da última vez, salvou a vida do irmão mais velho, Vladimilson, que ficou preso dentro do quarto quando a porta emperrou. Ernesto Wesley tinha pavor do fogo e amolecia até mesmo se confrontado com uma fonte de calor ou uma lufada de ar quente. Mas, quando retornou ao interior daquela casa para resgatar o irmão, foi queimado pela primeira vez. Estranhamente percebeu que o fogo não lhe fazia mal. Não sentiu dores ou ardência. Carregou Vladimilson desmaiado sobre os ombros e nunca mais perdeu uma chance de estar de frente para as chamas.

Ernesto Wesley não sente o fogo queimar sua pele. Possui um raro tipo de doença, analgesia congênita: uma deficiência estrutural do sistema nervoso periférico central. Isto o torna insensível ao fogo, a facadas e espetadas. Desde então, passou a experimentar o fogo constantemente.

A doença foi ocultada por ele para ingressar na corporação; talvez se soubessem dos riscos que corre nunca o admitiriam. Ele pode caminhar sobre chamas, atravessar colunas ardentes e ser atacado por labaredas. Ele se queima, mas não sente.

Poucos chegam à idade adulta com tal doença. Marcas roxas estão por todo o seu corpo.

Aprendeu a se apalpar para sentir algum osso fora do lugar. Já quebrou as pernas, costelas e dedos. Ernesto Wesley é muito atento ao próprio corpo e acredita que essa doença vai além da patologia clínica; é um dom.

Sem sentir dor sua coragem é engrossada a ponto de fazê-lo ir aonde nenhum outro homem conseguiria; talvez apenas outros poucos.

Faz consultas e exames regulares para saber se seu corpo e saúde estão em ordem. Convenceu-se de que pode suportar maiores provações do que os outros. Porém, existe uma espécie de dor à qual não é insensível. Seu coração, em contrapartida à doença, sofre de um mal irreparável: a dor da perda. Esta o mortifica severamente.

Luzes vermelhas e amarelas brilham no meio da autoestrada. Dois policiais sinalizam para os carros seguirem por uma única faixa. O carro para e eles descem.

À distância, Ernesto Wesley percebe o emaranhado da lataria esmagada. Dois carros e um caminhão colidiram. Fundiram-se. Trabalhará mais do que havia imaginado. Coloca um macacão especial, luvas de aço, um capacete para soldar e apanha a motosserra para libertar as vítimas das ferragens. Espera ser acionado. Outra equipe de socorro já havia chegado ao local. Ernesto Wesley só precisará derrubar as árvores. É o que costuma dizer quando separa as ferragens.

— São cinco vítimas, ou melhor, seis. Três estão presas nas ferragens, incluindo um cachorro. As outras duas já foram levadas pro hospital — diz um dos bombeiros da outra equipe.

Ernesto Wesley verifica o estado dos carros e do caminhão. O motorista do caminhão foi o único que não sofreu nenhum dano. Está de pé, próximo aos bombeiros, tentando ajudar. Este é o seu quinto acidente e de todos escapou. A placa quadrada pregada no caminhão preocupa os bombeiros. É líquido inflamável. Explosão química seguida de fogo é uma das coisas mais difíceis de se escapar. Um dos bombeiros fez a checagem e constatou que não há risco de vazamento. Ernesto Wesley liga a motosserra e já não ouve nenhum gemido, sirene ou coisa que o valha. Está imerso no anestésico impacto da serra e no barulho estridente provocado pelo atrito da lâmina contra os nós de ferro.

A única coisa que agrada Ernesto Wesley neste árduo trabalho de serrar ferragens são as fagulhas que se lançam no ar, ao léu, dançando nervosamente. Algumas delas não se espalham no ar, elas descem e tocam o chão.

Uma menina de cinco anos está presa e acordada. Seu cachorro labrador está esmagado sobre seu colo. O sangue do animal cobriu o rosto da menina e ela durante todo o tempo chama pelo cão. Será preciso serrá-lo junto com as partes do carro; o problema será o trauma para a menina. Primeiro será necessário remover a cabeça e depois os outros membros. Se não fosse o cachorro, a menina estaria morta. Ernesto Wesley não pode se comover. Ele precisa derrubar as árvores. Ainda que sinta arder o coração sempre que resgata alguma criança, não importam para os outros seus acidentes pessoais. Nesta profissão não é possível remoer as próprias tragédias. É sobremaneira uma atividade que enrijece o caráter e que o coloca de frente para as piores situações. Tudo se torna pequeno quando deparado com a morte. Não uma morte calma, sonolenta, mas a morte que espedaça, desfigura e transforma seres humanos em pedaços desconjuntados. Crânios esfarelados, membros esmagados e decepados. Quando alguém em estado de choque percebe que seu pé está a dois metros de distância ou que sua perna caiu no vão que separa as pistas de uma autoestrada, nunca mais se esquecerá. Podem-se perder: amor, dinheiro, respeito, dignidade, família, títulos e posição social. Isso tudo pode ser reconquistado, mas um membro decepado, nada o trará de volta a seu lugar.

Serra a cabeça do cachorro e parte do painel do carro. Sangue e resíduos de ferro se estilhaçam. A menina está em choque. Duas horas e ela resiste e sai das ferragens segurando uma pata. O mais comovente foi o resgate da menina, mas o pior seria o de seus pais.

O pai perderia algum membro, caso Ernesto não se concentrasse muito. O que dificultou ainda mais foi a chuva forte que durou cerca de quarenta minutos e encharcou seu macacão. Todos os homens parecem fatigados. Restam poucos curiosos no local.

O mais cansado de todos é Ernesto Wesley, e isto fica evidente quando a serra trepida entre as engrenagens do veículo, bambeia em sua mão e atinge a panturrilha do homem. Ele para um pouco. Respira fundo. Olha para os lados. Está serrando faz cinco horas.

— Este homem deve ser substituído — ordena o oficial responsável pela operação.

O outro bombeiro, que foi juntamente designado para o trabalho com Ernesto Wesley, assume o controle da motosserra. Após vestir o uniforme de proteção, ele dá dois tapinhas nas costas de Ernesto Wesley.

— Agora é comigo. Vá descansar um pouco. Você está horrível, homem.

— Eu te disse que odeio serrar. Estou com muita dor de cabeça.

O bombeiro, quando tenta remover a mãe, ela já está morta. É possível verificar seus batimentos, pois a cabeça está reclinada sobre o banco traseiro, ao lado da janela aberta. Ele precisa serrar por mais uma hora. Fagulhas são lançadas vez ou outra. E, quando se tem líquido inflamável vazando sem que ninguém perceba, isto é fatal. O pior nesta profissão é que o erro de um atinge a todos os outros. O bombeiro que serrava foi lançado para o outro lado da pista enquanto Ernesto Wesley engolia um analgésico ao lado da ambulância. O corpo do homem em chamas cruzou alto o céu da madrugada. Ele sentiu a pele enrugar, os cabelos encarapinhar e, ao bater no asfalto, ainda vivo, escutou os ossos estalarem em choque com as chamas que inflamavam rápido até as entranhas. Tornava-se carvão animal e podia sentir o forte cheiro queimado de sua pele, músculos, nervos e ossos.

Seus dentes estavam intactos e até os legistas concordaram: eram os melhores incisivos que viram num morto.

Capítulo 2

A gordura funciona como combustível e aumenta a intensidade do fogo, sendo assim, uma pessoa magra demora mais para ser reduzida a cinzas do que uma gorda. O forno crematório atinge uma temperatura de até 1.000ºC. Inclusive para os dentes é difícil resistir ao insuportável calor. A fila de corpos a serem cremados é sempre longa. São mantidos congelados até assarem no forno, e moídos os restos empedrados que são finalizados em cinzas de grãos uniformes e suaves.

Enquanto um corpo é carbonizado, as extremidades se contorcem e encolhem. O que já foi humano parece voltar-se para o lado de dentro. A boca escancara e se contrai. Os dentes saltam. O rosto murcha e torna-se um grito suspenso de horror.

Ronivon passa um detector de metais portátil sobre o peito mirrado de um velho antes de fechar o caixão. É uma medida obrigatória, pois, caso haja um marca-passo, este explode em contato com a alta temperatura do forno.

O aparelho apita e um pequeno sinal de luz pisca. Está com defeito faz algumas semanas. Requereu um novo, mas ainda não o enviaram. Ronivon sacode o aparelho e, após alguns tapas, a luz verde se acende e indica que voltou a funcionar.

O velho morreu de complicações no pulmão. Fumou por quarenta e sete anos. Praticamente, o velho estava sendo cremado aos poucos durante todo esse tempo. Dos pulmões restou apenas um pedaço do lado esquerdo. Sua pele amarelenta é extremamente enrugada, parecendo uma pele de cobra. Os vincos são profundos. As pontas dos dedos são de tonalidade caramelo, manchadas pelo fumo. Mas um corpo assim tão magro e ressecado levará mais tempo para queimar. O caixão seguinte é uma mulher de quarenta e oito anos. Rosto bonito. Cabelos lisos e pretos. Morreu de infarto, pouco comum às mulheres. Na ficha de controle ainda há seis corpos a serem cremados neste dia.

O forno crematório tem três metros de largura, dois e sessenta de comprimento e dois e quarenta de altura. Neste modelo de forno é possível cremar dois corpos separadamente ao mesmo tempo. Isto faz render mais o serviço e, desde que trocaram o forno por este novo, Ronivon percebe o quão proveitoso se torna seu tempo no trabalho. Seu horário de almoço ganhou mais doze minutos devido a esta melhoria.

Abre a portinhola do forno e insere os caixões cada qual em sua prateleira. Regula a temperatura para 800°C e verifica as horas. Os corpos são inseridos no forno quando ainda está frio. Senta-se num banco de plástico e folheia uma revista emprestada da recepção.

Nem todos sabem que dois corpos são cremados ao mesmo tempo. A "carvoaria", como os funcionários apelidaram o local dos fornos, está localizada no subsolo. No andar de cima ficam os parentes, em salas para cerimônias ecumênicas separadas, velando pelo morto antes de ser cremado. A despedida dura quinze minutos. Ronivon acredita que o homem deve retornar ao pó, pois do pó foi criado. Não concorda com as cinzas finais. Para ele, tornar-se pó é necessário. As cinzas são subversivas. Uma ossada, restos de tecido orgânico, fios de cabelo, entre outros, são indícios que perdurarão por anos. Restarem só as cinzas é não ter vestígio algum. É não ter túmulo, moradia póstuma, flores no dia dos mortos e a visita de nenhum ente. Os restos são reconhecíveis ao menos num laboratório. Reduzido a cinzas, não é mais possível identificar a origem; se de um homem ou de um animal.

Por uma janelinha, observa que o corpo da mulher está se consumindo bem, como havia imaginado. O velho, ressequido feito um graveto, parece não ter sofrido muita alteração. Será uma cremação demorada.

No columbário, local de depósito das urnas, sempre há cinzas esquecidas. No crematório, todos os dias, por falta de espaço, são dispensadas duas ou três urnas mantidas pelo período máximo de trinta dias cujos parentes dos mortos deixaram de buscar. Na recepção, basta ler os avisos de normas e regulamentos a serem cumpridos pregados num quadro.

* Não entregamos as cinzas sem o protocolo.
* Os restos mortais só serão recebidos mediante
o recibo de pagamento.
* As cinzas são disponibilizadas 2 horas
após a cremação.
* As salas para cerimônias ecumênicas são
disponibilizadas por 15 minutos.
* Todos os corpos deverão ser identificados pela
família antes de serem cremados.
* As cinzas serão mantidas no columbário
por um período máximo de 30 dias.

Quando eles deixam as cinzas para trás, em letras miudinhas lê-se que um funcionário do crematório deve espargi-las ou inumá-las ao pé de roseiras, respeitosamente, no bem cuidado jardim do crematório. Bem cuidado na parte destinada aos parentes para espalhar as cinzas dos seus mortos, local conhecido como cendrário. Na parte dos fundos, o mato alto, as flores murchas e as moscas amontoadas em valas fedorentas recebem esses restos lançados num córrego que segue para os esgotos. É exatamente nos esgotos que vão parar os restos mortais, ou seja, as cinzas fabricadas na carvoaria. Respeitosamente, aquilo que já foi humano é lançado às fezes.

Morremos, somos queimados até esturricar, moídos em grãos uniformes e depois lançados nos esgotos por estranhos. O ato ecumênico é para os outros. Para os mortos resta das cinzas voltarem ao pó. E, para os menos afortunados, resta-lhes a imundície dos esgotos como túmulo.

É um trabalho simples. Desde que se goste do fogo e se suporte o calor, não traz aborrecimentos. O cliente nunca reclama, e, caso a mercadoria sofra danos, basta preencher a urna funerária com sobras de cinzas que são guardadas pelo funcionário da manutenção do forno. Este sempre apanha uns punhados de cinzas provenientes de muitas cremações e guarda-as num galão de plástico. Depois são moídas de modo uniforme e repõem a falta dos grãos perdidos dos outros.

A porta se abre e o supervisor do crematório entra comendo um biscoito doce. Chama-se Palmiro. Ficou cego de um olho quando por descuido uma fagulha da cremação o atingiu. Não usa tapa-olho. Prefere permanecer com o olho cego exposto. É um olho esbranquiçado onde deveria ser negro, lacrimeja com frequência e possui uns vasos sanguíneos dilatados que tornam seu aspecto assustador. Ronivon aprendeu a não olhar para o olho cego.

— Ronivon, como vão esses aí?

— Mais ou menos. Tem um velho seco feito um graveto.

— Esses são os piores.

— Sim. E ainda era fumante.

— Me lembro desse tipo no meu tempo de cremador. O corpo já está acostumado ao fogo e ao calor. Resistem por muito tempo.

— Infelizmente ainda tenho mais seis corpos, acho que não vou poder ir hoje à noite.

— Mas o carteado sem você fica desfalcado. Olha, são seis corpos, mas apenas três queimadas.

— Acho que esse velho seco vai me atrasar o dia.

— Teve pouca gente no velório dele. Não estavam nem abatidos.

— Pelo visto alguém vai ter que despejar o velho no córrego lá de trás.

Palmiro suspira e abaixa a cabeça. É triste este fim. Geralmente é ele quem lança os restos no córrego. Ronivon levanta-se e verifica a temperatura do forno, confere as engrenagens, e o corpo do velho começa a ceder ao fogo.

— Mas o carteado é religioso.

— Eu sei, Palmiro. Tudo depende da hora que conseguir sair.

— Tudo o que eu posso desejar neste momento é que este forno arda mais que o inferno.

Palmiro bate a porta ao sair. Caminha lento pelo longo corredor em direção às escadas. É um homem atarracado, com alguns fios de cabelo e de olhar trêmulo. De tanto aspirar fuligem dos muitos anos em que trabalhou numa carvoaria e dos anos seguintes em que cremou corpos, seu pulmão ficou debilitado. Sua respiração tornou-se barulhenta, e constantemente, num ruidoso escarro elimina pela boca uma secreção gosmenta em pedaços de papel higiênico que costuma carregar nos bolsos das calças. Antes de alcançar as escadas, retorna à sala dos fornos. Enfia apenas a cabeça através de uma portinhola.

— Você está cuidando da moagem também, Ronivon? — grita.

— Sim. Eu preciso moer todos eles depois. Estou sozinho hoje.

— Não se preocupe. Vou mandar o J.G. vir te ajudar. Ele pode moer.

Ronivon espreguiça-se. Está com sede. O calor do forno o faz tomar quatro litros d'água por dia. Possui os pulmões enfraquecidos pelo desgaste da água gelada num corpo quente. Levanta-se e apanha pendurado atrás da porta um jaleco azul em que se lê *Colina dos Anjos* bordado do lado esquerdo sobre o peito.

Atravessa o corredor até o final onde fica o banheiro dos funcionários. Molha o rosto e verifica os dentes. Tem ótimos dentes.

Antes de trabalhar no subsolo de um crematório, Ronivon teve a experiência de trabalhar no subsolo de um velho prédio onde funcionava uma fábrica de sabão artesanal. Atravessava as horas mexendo um panelão fervente de gordura. O cheiro não era como o de carvão, era de excremento, sebo e sobras. Seus olhos permaneciam fixos num redemoinho de glicerina, ácido graxo, tecido adiposo, banha e toucinho.

Enquanto trabalhava naquela fábrica nivelada aos ratos, pensava se haveria um jeito de escapar caso o prédio despencasse. Havia rachaduras enormes, vãos rasgando-se do teto ao chão abrigando todo tipo de inseto. Os que trabalhavam no subsolo não teriam chance de escapar caso tudo viesse abaixo. Suportava o peso de seis andares e sabe-se lá o que guardavam na parte de cima. Depois de quatro anos mexendo um panelão de gordura fervente, faz cinco anos que começou a cremar os mortos em outro subsolo. Falta apenas um ano para completar uma década que Ronivon passa mais tempo ao nível dos inumados do que na parte superior. O sol lhe parece estranho. Sua cor é pálida. Acostumou-se ao subterrâneo e ao fogo.

Toma um pouco d'água no bebedouro ao lado do banheiro e retorna à sala dos fornos. J.G. está de pé, olhando desconfiado para a cremação.

— Seu Palmiro me mandou moer os restos — diz J.G.

— Já tem dois atrás dessa porta.

J.G. olha para a porta e aperta uma medalha sacra pendurada ao pescoço. Ronivon conhece o medo do rapaz em moer restos mortais. Gostaria de poder ajudá-lo, mas alguém precisa moer os restos da carvoaria, assim como quem mói pão torrado para fazer farinha de rosca.

J.G. é um rapaz negro e de toneladas. Sabe-se pouco de sua vida, mas o fato é que J.G. tem pouco de vida a se recordar. Tudo foi uma repetição. As cicatrizes no corpo são as lembranças de sua mãe. Quando criança costumava ser espancado regularmente junto da irmã caçula. Sua cicatriz mais visível é no lábio inferior, uma rachadura que o deixou com a boca deformada.

Um dia, a mãe ao chegar do trabalho, muito irritada, decidiu se aliviar um pouco. A caçula, nesse dia, não aguentou as pancadas. Desfaleceu no chão ao lado da vasilha com a comida do cachorro. J.G. conseguiu sobreviver porque a mãe percebeu que a filha não respondia mais às pancadas. Foi então que parou com o espancamento e socorreu os filhos. Quando J.G. saiu do hospital, sua mãe já estava presa. Nunca mais a viu. Foi criado à revelia por tias e outros parentes dos quais, em muitos momentos, nem sabia qual o grau de consanguinidade.

Passou a atender prontamente às ordens dos outros, a responder sim senhor, sim senhora, a se desculpar até pelo que não tinha culpa, e seu sorriso tornou-se breve devido ao lábio aleijado.

A única coisa que J.G. acumulou na vida foi gordura. Sua gordura é o reverso de todas as suas perdas, amarguras e sofrimentos. Caminha com dificuldade. Seu corpo possui dobras. Seus braços não tocam as costas. Seu peito chia quando respira. Sua voz é grave e lenta. Por toda a pele do corpo notam-se placas escurecidas e estrias.

Devido aos anos de espancamento contínuo, seu miolo amoleceu. Nunca conseguiu ler e escrever bem. Seu raciocínio é breve como seu sorriso e deformado como sua boca.

— J.G., atrás dessa porta só tem dois gravetos secos.

— Seu Ronivon, o senhor não tem medo de queimar essa gente?

— Eles já morreram. São só as sobras. O que nós fazemos aqui, J.G.?

J.G. estica os olhos para cima e parece achar entendimento olhando o teto descascado.

— Carvão. A gente faz carvão.

Ronivon dá um tapinha no braço de J.G. e sorri.

— Exatamente. A gente faz carvão.

— Eu gosto de churrasco, seu Ronivon. A gente usa carvão no churrasco.

— Claro que usa. Mas não este tipo de carvão.

— Não. Desse carvão a gente faz a cinza que vai pro jardim.

O sorriso de J.G. alarga-se. Sempre que fala no jardim e nas goiabas que adora comer dos pés carregados que margeiam o terreno do crematório, seu sorriso estica-se.

— As roseiras gostam das cinzas desse carvão.

— Sim, J.G., elas gostam.

— Eu cuido das roseiras. Cuido bem. Eu gosto daqui, seu Ronivon.

— Sei disso.

— Mas acho que não vou poder mais dormir no quartinho.

— Como assim, J.G.? Eles vão te tirar do quartinho?

— O novo zelador vai chegar e vai ficar morando no meu quartinho. Essa é a condição, disse o gerente.

J.G. abaixa a cabeça lamuriento.

— A gente vai dar um jeito nisso, tá bom?

— Minha tia Madalena me batia e me chamava de demente. Não quero voltar pra casa dela. Ela usava um penico e eu tinha que esvaziar todo dia. Aqui ninguém me bate e não tem penico.

J.G. soluça enquanto fala.

— A gente vai arrumar um lugar pra você ficar — diz Ronivon, comovido.

— Brigado. O senhor é um homem bom.

— Deixa disso. Agora vá moer o carvão. Tem mais dois saindo do forno.

— Sim senhor, eu vou.

Ele entra na sala de moagem e fecha a porta em grande paz de espírito pensando nas cinzas que resultarão de seu trabalho para enterrar aos pés das roseiras e que terá um novo lugar para dormir.

O funcionário que cuida dos corpos da geladeira entra na sala puxando um carrinho com o próximo da fila.

— Ei... você está com sorte hoje.

Ronivon caminha até o homem e verifica o corpo que está sobre o carrinho. Suspende uma sobrancelha, inquisidor. O homem sorri.

— Olha só. Já adiantaram seu trabalho. Bombeiro morto numa explosão.

Ronivon apenas suspira, resignado.

Capítulo 3

O dia parece não ter amanhecido ainda. Está fazendo muito frio e o céu está coberto por nuvens encrespadas. O vapor do hálito morno indica que este inverno será rigoroso. Raramente isso ocorre. Ernesto Wesley veste-se com todos os casacos que encontra no armário, pois ele tem baixa resistência ao frio. Toma um café quente que Ronivon, seu irmão, deixou pronto antes de sair para o trabalho. Ernesto trabalhará no turno da noite, por isso aproveita a manhã livre para cuidar do minhocário, nos fundos do quintal. Um assunto que tem tomado boa parte de seu tempo.

Ernesto Wesley tem uma lambreta, 1974, branca e vermelha, com a parte mecânica revisada e pneus novos.

Comprou faz três anos, parte da venda do espólio de uma família que morava nas redondezas. Desfez-se de um cortador de grama e uma bomba-d'água para adquiri-la. Vai até a garagem, uma cobertura simples de telhas de amianto ao lado da casa, e descobre a lambreta que mantém protegida com uma capa amarela.

Na rua, antes de dar a partida, retira dos bolsos um gorro de lã, com protetor de orelhas, e um par de luvas. A sessenta quilômetros por hora, Ernesto Wesley se desloca para um sítio que fica a oito quilômetros de distância de sua casa. O trajeto tem aspecto desolador, com depressões na estrada e cercado de morros. Existem alguns trechos em bom estado de conservação, e no caminho cruza com carros de bois, pessoas a pé, outras lambretas e alguns poucos ônibus. Na maior parte do tempo, é um trajeto solitário e parcialmente silencioso. Isso tudo agrada a Ernesto Wesley, que segue ritmado pelo som do motor da lambreta. Esse som estridente ameniza as sirenes do carro dos bombeiros, que soa periodicamente em sua cabeça e o mantém sempre alerta, porque para Ernesto nunca há silêncio ou sossego.

É uma região cortada por rios contaminados e pequenos pastos. A paisagem humana mistura-se à paisagem semirrural. A cada três quilômetros em média, um novo bairro. São pequenos bairros, de movimentação confusa, comércio espalhado e pouca sinalização.

Pessoas, carros, bicicletas, bêbados, crianças, porcos e gaiolas de galinhas são cortados pela mesma estrada, que em pontos perigosos possui uma placa com uma caveira sinalizando o alto índice de acidentes fatais. Pois a morte é constante por essa estrada semelhante a uma longa veia negra. Uma região clandestina nascida ao pé de uma serra.

Atravessa o portão de ferro do sítio e para quando chega a um moedor de cana de açúcar. Um homem gordo e baixo coloca as canas, uma a uma, no moedor manual. Outro sujeito, alto e magro, gira a manivela com força para esmagar a cana que sai prensada, apenas o bagaço.

— Bom-dia — diz Ernesto ao parar a lambreta.

— Bom-dia — responde o homem gordo.

— Eu vim buscar estrume de vaca.

— O seu Gervásio tá lá com elas.

Ernesto sinaliza a cabeça em agradecimento e segue com a lambreta até próximo ao pasto. Quando avista Gervásio, desliga o motor e caminha até o homem.

— Ernesto, meu filho, como vai?

— Bem, seu Gervásio. E o senhor, a família?

O homem mastiga por alguns instantes. Apenas mastiga, pois não aparenta estar comendo nada. De tanto conviver com suas vacas, seu Gervásio se acostumou a ruminar como elas. Ele possui um semblante de consternação frequente e sua barba está sempre a ponto de fazer, em média dois centímetros de pelos. É como se o homem aparasse a barba para estar com aquele aspecto. Depois de ruminar por uns dois minutos, ele decide falar.

— Minhas vacas estão bem. O pasto está bom também — ele é aprumado e só fala olhando para o infinito. Seus olhos estão sempre além do que os outros podem enxergar. — Minha filha mais velha vai se casar — diz sério seguido de um mugido de uma vaca que pasta próximo.

— Felicitações — diz Ernesto.

Gervásio sacode a cabeça em negação.

— Toda vez que alguém fala nesse casamento minhas vacas mugem. Isso é sinal de mau agouro. Acho que a Dolinha vai fazer um péssimo negócio. Ele é doutor. Eu não gosto de doutor. Mas ela não me escuta. Nem escuta as vacas. Só pensa nesse doutor. — Ao concluir suas palavras, volta a ruminar em silêncio.

— Seu Gervásio, eu vim comprar estrume.

— E como andam as suas minhocas, meu filho?

— Estão bem... estão gostando muito do estrume das vacas do senhor. Elas estão ficando bastante lustrosas.

— O estrume das minhas vacas é o melhor de toda essa região. Vem gente de muito longe pra comprar. Quando a vaca é boa, até a bosta é valiosa.

O homem vira-se para um empregado da fazenda. Um rapaz franzino e vesgo que tem problemas na fala. Quando diz alguma coisa, soa fanhoso e muito agudo.

— Zeca, traz o estrume do Ernesto e aquele saco que tá lá separado também.

Volta-se para Ernesto, deixa o semblante esmorecer novamente e se cala. Os dois esperam que o estrume seja trazido. A manhã nebulosa parece mais fria em pastos abertos. Há leves sinais de geada nas folhas das plantas. Seu Gervásio calmamente apanha seu cachimbo e o apoia num canto da boca. Retira um toco de fumo de rolo do bolso da camisa de flanela e uma faquinha muito desgastada, sem nenhum apuro de corte, raspa o toco de fumo e coloca as raspas no cachimbo. Guarda o toco e a faquinha no bolso novamente e acende o cachimbo com um risco no fósforo.

— Acho que vamos ter um inverno daqueles — comenta Ernesto Wesley.

— É verdade. Eu preciso cuidar ainda mais das vacas.

— Disseram que será o pior inverno dos últimos trinta anos.

— Está com jeito mesmo. Eu não me lembro desse frio todo.

O rapaz fanhoso traz os dois sacos sobre as costas e os coloca aos pés de Ernesto Wesley.

— Ernesto, hoje eu quero te dar uma amostra da bosta da Marlene. Marlene é aquela vaca embaixo daquela árvore lá, ó. Essa vaca produz um dos melhores estrumes que já vi na vida.

Seu Gervásio abaixa-se e abre o saco. Ele mostra orgulhoso o conteúdo.

— É uma bosta condensada e suave ao mesmo tempo. O cheiro é forte e azedo. Eu quero te dar um pouco da bosta da Marlene pra você testar lá nas suas minhocas. Mas você usa separado numa parte do minhocário. Daqui a umas duas semanas você já vai ver diferença. Como a bosta da Marlene é preciosa. Ainda nem botei preço nela.

— Ah, seu Gervásio, muito obrigado ao senhor. Eu vou usar hoje mesmo.

— Não vai se arrepender. Meu filho ainda nem viu esse lote da Marlene. Ta lá pras bandas do oeste, em Rio das Moscas.

— Ele foi caçar javali?

— Sim, e não sei quando volta. Estão com uma praga de javali por lá. O bicho tem devastado tudo.

— Talvez um dia eu tome coragem e vá atrás de um desses.

— Coragem? Mas o que não falta em você, rapaz, é coragem.

Ernesto apanha os sacos e os ajeita na lambreta. Amarra bem apertado para não cair. O saco maior ele amarra na parte de trás, onde carrega um estepe, e o menor, na frente, sob seus pés. Ele paga ao homem e despede-se. Montado na lambreta Ernesto faz mais duas rápidas paradas em lojas específicas para comprar ferramenta, sementes de girassol, entre outras coisas, e volta para casa.

* * *

Quando pequena, Jocasta teve o crânio afundado por uma tábua que caiu sobre ela enquanto comia. Um pequeno acidente que teria passado quase despercebido, não fossem seus grunhidos de dor. Mas a normalidade nunca mais fez parte da vida da cadela. Seu comportamento se alterou visivelmente, mostrando-se muito mais agitada e neurologicamente perturbada. O seu abrir e fechar de boca a cada cinco segundos foi um dos primeiros sintomas. A baba pendurada no canto da boca e o eterno olhar de filhote foram os seguintes. Por outro lado, essa perturbação mental lhe conferiu mais coragem e ousadia. Jocasta não teme nem o fogo nem a água. É capaz de perseguir um leão e caçar leopardos. É uma cadela de aspecto simpático, pelo teso e amarelo, cauda em riste, orelhas levemente caídas nas pontas, de musculatura esbelta e andar elegante. Gosta de trotar pelo quintal, imperiosa.

Durante as tempestades, corre de um lado para o outro do quintal latindo para os raios. Os raios a deixam enfurecida. Quando late para eles, é como se discutisse abundantemente com Deus. Seus atos às vezes lhe conferem divindade. Em dias ensolarados, persegue a própria sombra. Às vezes, passa horas intermináveis no encalço da própria sombra que ainda não conseguiu abocanhar. Porém, se não consegue abocanhar a própria sombra, os ratos que perambulam insidiosos e quase insuspeitos pelo quintal à noite ela alcança a todos. Jocasta cuida do minhocário como uma cadela que cuida dos próprios filhotes. É estéril feito uma besta, nunca terá seus filhotes, porém tem muitas minhocas para cuidar. Todos os dias, ela deposita o trabalho de toda uma noite em alerta, geralmente são cinco ou seis ratos mortos, ao lado da porta dos fundos da casa de Ernesto e Ronivon. Ela insiste em colocá-los ali, pois é a primeira porta a ser aberta quando amanhece, e é importante que logo cedo seus donos vejam o resultado de seu trabalho. Uma habilidade que sua perturbação lhe confere é encontrar focos de formigueiro ainda no início. Ela para ao lado de um e rodopia em torno de si várias vezes seguidas. Mas a atividade de que mais gosta é espantar as galinhas da vizinha que pulam para o seu quintal na tentativa de ciscar as graúdas minhocas em cativeiro.

Ernesto Wesley chega em casa com os sacos de esterco de vaca e um punhado de sementes de girassol para Jocasta, o que lhe confere um pelo iluminado que brilha como o sol. Jocasta deita-se confortavelmente em sua cama, um amontoado de trapos que fica na improvisada garagem, e quieta mastiga as sementes para em seguida tirar um cochilo.

Ernesto Wesley cria a minhoca vermelha da Califórnia. Essa minhoca prefere o esterco animal e é excelente na produção de húmus, que nada mais é do que a bosta da minhoca que resulta numa substância parecida com pó de café. O húmus, ele vende para alguns pequenos agricultores, jardineiros, paisagistas e qualquer um que deseje deixar a horta nos fundos de casa com um solo fértil. A minhoca viva, ele vende uma parte como isca para pesca e a outra parte ele vende desidratada. Em dias ensolarados, logo pela manhã, coloca as minhocas dentro de um saco plástico para ficarem expostas ao sol. Uma vez expostas ao calor, elas perdem água e desidratam. Em dias em que não há sol, ele as leva ao forno. Não é raro uma pizza ser assada ao lado de um tabuleiro cheio de minhocas.

Sentado à mesa, toma um gole de café e come duas torradas secas antes de ir trabalhar no quintal. Hoje é dia de alimentar as minhocas, e ele precisa preparar a compostagem. O café está bem quente e o ajuda a manter-se aquecido. Seu nariz está gelado. Esfrega as mãos nas calças para aquecê-las com o atrito. Repara sobre o pequeno armário de louça um envelope branco.

Estica o braço e inclina a cadeira um pouco para trás até alcançá-lo. Junto do envelope lacrado há um bilhete de seu irmão, Ronivon.

> "Ernesto, esta chegou ontem.
> É pra você de novo.
> Agora é uma por semana."

Ele olha a carta e a coloca sobre a mesa. Batuca de leve os dedos sobre ela. Sente o coração comprimir. Pensa em abri-la. Aperta com os dedos os olhos e permanece assim por algum tempo. Quando precisa pensar, Ernesto Wesley afunda o polegar e o indicador sobre as pálpebras dos olhos fechados e as pressiona. Está aborrecido. Toma o restante do café que está no caneco, deixa a carta lacrada sobre a mesa e vai para o quintal.

Ernesto retira algumas blusas que veste, mantém o gorro na cabeça e troca as luvas de lã por um par de luvas de couro. Aproxima-se da compostagem, um amontoado de um metro de altura de matéria orgânica em decomposição que permaneceu fermentando por uma semana, e começa a revirá-lo. O cheiro é de podre. São sobras de alimentos, papéis, frutas, folhas secas e restos de grama. Ronivon havia preparado o amontoado e a segunda etapa ficou para Ernesto concluir. Quando a temperatura da massa estabiliza em torno da temperatura ambiente, é o momento ideal para colocar no canteiro de minhocas. E esse é o momento. Coloca o esterco e a compostagem no canteiro. Aparentemente não há sinais de formigas ou outras pragas.

A vizinha, dona Zema, aproxima-se da cerca do quintal e grita seu nome. Ele para com o trabalho para ir até a mulher.

— Bom-dia, dona Zema.

— Bom-dia, Ernesto. É que eu tô precisando muito falar com você e não tenho encontrado nem você nem o seu irmão.

— Pois não?

— Acontece que essa sua cadela tem feito arruaça com as minhas galinhas. Só na semana passada duas ficaram muito machucadas e uma delas acabou morrendo. Tava terminando de chocar uns ovos lá no ninho e os ovos ficaram abandonados e eu mesma tive que terminar o serviço.

— A senhora chocou os ovos, dona Zema?

— Com a ajuda de Deus, né, a gente faz muita coisa. Você sabe que é com esse dinheiro dos ovos e das galinhas que boto comida aqui em casa.

— Sei, sim senhora.

— A minha vida é muito sacrifício. Sou sozinha pra tudo.

— Sim senhora.

— Eu queria que você desse um jeito nessa cachorra. Ela tá me prejudicando. Ela tem miolo mole, todo mundo sabe.

— Dona Zema, o que acontece é que as suas galinhas têm pulado essa cerca aqui pra vir ciscar as minhas minhocas. A Jocasta só tem feito o trabalho dela, que é tomar conta do minhocário.

— Eu não sei, Ernesto. Ela é uma abusada, essa cachorra. Esses dias tava aqui no meu quintal.

— No seu quintal? A senhora tem certeza de que era a minha cachorra? Porque a Jocasta toma conta direitinho daqui. Caça os ratos, acha os formigueiros e espanta as galinhas da senhora que pulam pra cá.

— Olha, Ernesto, eu tô pedindo com educação, mas, se essa cadela aprontar com as minhas galinhas, ela é que se cuide. Eu vou dar um jeito nisso.

Batem no portão da casa de Ernesto Wesley. Ele desconversa a mulher e diz que tudo vai ficar bem e vai para dentro de casa apressado. Tudo vai ficar bem é uma expressão que Ernesto Wesley usa corriqueiramente. Praticamente todos os dias diz isso para alguém.

* * *

O fogo se multiplica sempre em fogo, e o que o mantém vivo é o oxigênio, a mesma coisa que mantém o homem vivo. Sem oxigênio o fogo se extingue, e o homem também. Assim como o homem, o fogo também precisa se alimentar para permanecer ardendo. Vorazmente devora tudo ao redor. Se o homem for sufocado, morre por não poder respirar. Se abafar a chama, ela também morre.

As chamas se mantêm acesas enquanto queima um pedaço de madeira, um colchão, cortinas, entre outros produtos inflamáveis. Inclusive, os seres humanos são um produto inflamável que mantém o fogo crepitando por muito tempo. Ambos sobrevivem da mesma coisa, e, quando deparados, querem destruir um ao outro; consumir um ao outro. O homem descobriu o fogo e desde então passou a dominá-lo. Mas o fogo nunca se deixou dominar.

Em geral, os incêndios em edifícios têm como causa principal uma sobrecarga na parte elétrica que superaquece os aparelhos eletrônicos que estão ligados. Mas, neste caso, a moradora do oitavo andar, uma mulher atarracada, de peitos fartos, bigodes crespos e de cabelos tosados, insinuando leve demência, foi a responsável pelo início da fatalidade. Uma vela acesa para Santo Antão, protetor dos animais domésticos, das pessoas com furúnculos e dos coveiros, teria tombado após suas preces em favor de Titi, sua cadelinha com reumatismo, e dado início ao fogo quando a mulher foi tomar banho.

O edifício de oito andares é revestido por ladrilhos de cerâmica de cor amarela. As janelas possuem armação de esquadrias de alumínio com vidros granulados. Uma arquitetura de concreto, um bloco armado com seis apartamentos por andar. Todos habitados. O vento ajuda a espalhar as chamas. As labaredas avançam para fora de algumas janelas e lambem a fachada do prédio. Um incêndio é uma espécie de espetáculo. Quando pequeno Ernesto Wesley teve raras oportunidades de assistir a algum espetáculo. O entretenimento limitava-se a brincadeiras de moleque e ver televisão após o jantar, porém a falta de energia elétrica era constante no bairro. Era comum ele e sua família reunirem-se num cômodo da casa, envoltos pelo brilho oscilante de uma única vela em riste sobre um pires de louça. As grandes sombras disformes produzidas nas paredes foram lhe parecendo familiares. A luz elétrica dispersava a todos; cada um ficava numa parte da casa, mas era a luz da vela que os unia e os tornava uma família. Sentia falta das sombras deformadas nas paredes quando havia energia. Assim, com a titubeante eletricidade, a família passava algumas horas em conversas e brincadeiras. Aprendeu que essa sensação de ser iluminado por uma chama desperta certa nostalgia e uma espécie de recolhimento o qual nunca sentiu em nenhum outro momento. O fogo iluminador acolhia e acalentava. Ernesto Wesley passava boa parte do tempo ouvindo histórias da família embalado pela visão da chama, delicadamente arrebitada e firme.

O fogo pode ser fascinante, mas é assassino. Diante de um incêndio não basta água para apagá-lo, é preciso ciência, conhecimento de suas artimanhas. Ocorrem explosões súbitas, o deslocamento do ar modifica a reação do fogo, e às vezes é como se ele olhasse para você, sondasse suas intenções e esquadrinhasse seu entendimento. O fogo pode se esconder em vãos que não se percebem, e, numa primeira lufada de ar, ele avança. Combustão em madeira, papel ou plástico combate-se com água. Em líquido inflamável ou de origem elétrica, usa-se dióxido de carbono. Quando ocorrem incêndios propagados em metais inflamáveis, como titânio, usam um pó químico com cloreto de sódio capaz de criar uma pesada crosta sobre o metal flamejante que evita seu contato com o oxigênio. Cada fogo é de uma espécie. Em todas as suas formas, é preciso sufocá-lo e deixá-lo sem oxigênio. Pois isso é a única coisa capaz de extingui-lo. Se não for sufocado a tempo, o fogo é quem nos sufoca.

Ernesto Wesley termina de vestir sua roupa de proteção completa e, com a ajuda de outro bombeiro, ele coloca o equipamento de proteção respiratória. Apanha uma lanterna e um rádio portátil para a comunicação com o comandante da operação. O total de peso acrescido sobre ele é de trinta e um quilos. Isso dificulta a transpiração, a respiração e agride a estabilidade física e emocional. Geralmente, após a subida de vários andares pelas escadas, ele retorna carregando um corpo desmaiado sobre o seu. Ernesto Wesley consegue suportar duas vezes o seu peso. A repetição de esforço desmedido não pode ser calculada. É um dos poucos bombeiros que conseguem alcançar alturas elevadas no tempo requerido.

O fogo espalhou-se até o terceiro andar. Uma guarnição apaga o incêndio do lado de fora com o auxílio de uma escada mecânica que alcança o topo do prédio e outra invade o edifício para a contenção do fogo interno e o resgate de vítimas. Ernesto Wesley ajeita o capacete, apanha um machado e segue para dentro do prédio ao lado de outros bombeiros.

Um posto de comando estabelecido no saguão do prédio permanece em comunicação com os soldados e dá os detalhes da operação.

Os bombeiros precisam lidar com a euforia de quem assiste pela primeira vez a um incêndio, com o desespero dos que têm parentes e conhecidos dentro do prédio.

De onde todos querem sair, Ernesto Wesley precisa entrar. Ele sobe as escadas apressado, num ritmo similar ao dos outros colegas, até atingir o oitavo andar. Quanto mais avança para o alto, mais intensos o calor e a cortina negra de espessa fumaça que precisa atravessar. Ao chegar no oitavo andar, ouve os gritos de algumas pessoas que ainda estão presas em seus apartamentos.

Sua audição é aguçada, e entre o trepidar e os estalos provocados pelo fogo juntamente com o calor que pode afetar seu raciocínio e o peso que carrega sobre si, ele precisa distinguir todos os sons à sua volta. Crava o machado na porta do apartamento 802, arrebenta-a e em seguida se protege do fogo que avança sobre ele. As chamas estão elevadas e Ernesto corre para o fundo da sala atravessando o fogo. O calor demora para sufocá-lo. Seus pulmões já estão acostumados e sua pele também. A mulher encolhida num canto e sem roupas é abraçada por Ernesto enquanto grita que seu pai está no quarto. Ela insiste em seguir para o cômodo gritando pelo pai. Ernesto é frio em meio ao fogo. Ele precisa socorrer um de cada vez. Não dá importância aos clamores da mulher, pois existe uma ordem de salvar uma vida por vez e isto não deve ser quebrado. A mulher lhe dá alguns tapas implorando para buscar o pai. "Ele é aleijado!", ela grita. "Está na cama." Ele atravessa a sala com ela envolta em seus braços e outro bombeiro a ampara no corredor. Ernesto Wesley segue por um sombrio corredor carvoento e derruba a chutes uma porta. O quarto está tomado pelo fogo, apenas pelo fogo. Ele escuta um gemido. Avança até o final do corredor sem enxergar, ultrapassando seus limites, sufocando-se, sentindo um pouco de vertigem, arrebenta a porta com o machado e o homem está deitado na cama com fogo ao seu redor.

O velho grita de pavor e agarra-se à cama. Ele segura o homem magro e enrugado no colo envolvido pela colcha da cama quando um pedaço de reboco cai ao seu lado. O fogo se alastrou por todo o corredor. Ernesto está preso. Mas é por cima das chamas que ele caminha. O calor atravessa as botas e a roupa pesada. As labaredas avançam como serpentes. Desce com o velho no colo e sai do prédio. Uma equipe de socorristas apanha o homem com uma maca e Ernesto Wesley retorna para dentro do prédio. Há relato de que alguém está preso no quinto andar, onde o fogo está mais intenso. Uma das grandes preocupações é a liberação do gás cianídrico produzido pela queima de espumas e plásticos, altamente venenoso e que pode matar em questão de minutos dezenas de pessoas. Quando se escapa do fogo, é possível ser alcançado pela fumaça, o que causa envenenamento imediato. O fogo envenena o ar e mata. O brilho das chamas lhe confere magnitude, é um espetáculo de destruição que enfeitiça. No quinto andar o fogo ainda não foi controlado. Ernesto Wesley não consegue adentrar os apartamentos tomados pela fumaça. Pelo rádio comunicador, recebe a informação de que o andar está desocupado e que deve descer imediatamente, pois são grandes os riscos de desabamento. Ernesto Wesley não consegue descer as escadas, pois é impossível enxergar através da cortina de fumaça, então sobe para o sétimo andar onde o fogo já está controlado. Comunica-se com o posto de comando através do rádio e eles dizem que espere novas ordens e informações sobre as condições dos andares inferiores. O chão e as paredes crepitam. Dentro de um dos apartamentos, Ernesto aproxima-se da janela da sala com vista para a rua e observa o trabalho dos colegas. A escada mecânica está posicionada na altura do quinto andar e parece que o fogo está sendo também controlado por outra equipe de dentro do prédio.

Ernesto Wesley caminha entre destroços aos quais está acostumado. Resta apenas rescaldo por toda parte. Verifica todos os cômodos do apartamento e decide conferir o estado de todos eles. Apoia o machado sobre o ombro esquerdo e caminha intrigado pelo corredor. É importante que a averiguação seja feita após combater um incêndio, pois o fogo dissimula-se aos olhos em lugares como entreforros, vazios entre paredes, entrepisos, poços dos elevadores e dutos de telefonia. Ernesto é cauteloso. Empurra a porta entreaberta de um dos apartamentos com a ponta dos dedos e inspeciona o local. Cada cômodo é analisado. Uma porta está trancada. Percebe pela base da porta que havia fogo dentro do cômodo e estranha o calor da porta. Abaixa-se e não consegue ver nada pela espremida fresta embaixo da porta. Ernesto Wesley poderia arrombar a porta com o machado, mas isso é para os de pouca experiência. O fogo é insidioso.

— Eu preciso de alguém aqui com a mangueira.

— A checagem no sétimo andar já foi concluída.

— Acho que esqueceram de um detalhe.

— Está tudo sob controle.

— Eu gostaria de falar com o comandante do meu grupamento.

— Eu estou no comando. Você já pode descer, sargento.

— Senhor, preciso de um homem aqui com uma mangueira.

— A ordem é para deixar o pavimento e descer.

— Tem alguma coisa errada.

Uma interferência no rádio não deixa Ernesto Wesley prosseguir. Ele debruça na janela da sala e acena para um colega de seu grupamento. O homem apanha a mangueira e caminha para dentro do prédio. O comandante que já havia suspendido as operações impede a entrada do bombeiro. Pelo rádio, ele aciona outro bombeiro de sua equipe que está num dos andares abaixo, e prontamente chega ao sétimo.

— Tem alguma coisa aqui. A porta está trancada. Não fizeram a verificação neste cômodo — diz Ernesto Wesley.

O homem se posiciona com a mangueira protegendo-se ao lado da porta, enquanto Ernesto Wesley crava o primeiro golpe de machado contra a porta que se parte na terceira investida. Quando a porta rompe finalmente com um chute, o fogo, apoucado, levanta-se intensamente e é sobre Ernesto que se lança. O homem com a mangueira inicia o controle do fogo que se espalha rapidamente pelo cômodo. Ernesto pelo rádio aciona novamente o posto de comando e consegue ser atendido. Três soldados efetuam o reforço. Evitam que o fogo recomece pelos cômodos e, quando tudo está sob controle, é triste a visão do que parece duas crianças e um adulto abraçados. Os corpos fundiram-se parcialmente entre si e a objetos metálicos; retorcidos, criam uma nova forma.

Depois de dominar o fogo, Ernesto Wesley ajuda a contabilizar os mortos. Junto de outro colega, eles carregam os corpos para fora do prédio.

É um trabalho sujo e pesado. Os corpos cozidos fedem a enxofre, carniça e fumaça. Depois de apagar o fogo, os bombeiros recolhem os mortos e os contabilizam nas calçadas. Nesta operação, cinco pessoas morreram e, pelo estado dos corpos, só os dentes valerão para um reconhecimento exato. Porém, em casos como este, a identificação é ligeiramente mais simples, pois cada corpo foi encontrado em um determinado apartamento.

Uma hora depois o fogo está amortecido em todos os andares. Tudo se restringe a estreitos focos de fumaça.

Ernesto Wesley sobe no caminhão que já está de saída. Seu turno terminou e retornará ao quartel. Senta-se entre dois bombeiros e sacodem em silêncio, pois as sirenes estão desligadas.

Um dos bombeiros sacode a cabeça em negação enquanto olha vagamente para as próprias botas. Tem um olhar fosco e amortecido. Balbucia algumas palavras até levantar a voz.

— Uma vela pra Santo Antão! Minha mãe rezava pra ele quando eu tinha furúnculos — diz. — Às vezes não se pode nem rezar.

A fuligem que cobre delicadamente os homens torna cada um levemente sombrio. O pesar na voz do soldado soa lamuriento e dolorido.

— Às vezes tudo o que se deve fazer é rezar — retruca Ernesto Wesley.

— Como você sabia dos corpos dentro do quarto? — pergunta outro bombeiro.

Ernesto Wesley respira fundo. Tem um olhar cansado, a órbita dos olhos avermelhada e a voz rouca que lhe é própria.

— Depois de algum tempo trabalhando nisso, eu posso sentir o cheiro de corpos queimados a quilômetros — responde Ernesto.

— É verdade — completa outro bombeiro calado até o momento. — O Ernesto conhece a meia suja de cada um no quartel só pelo cheiro. É o melhor farejador que conheço.

O homem dá uma risada.

— É por isso que decidiu ser bombeiro?

Ernesto Wesley suspira e coça os olhos. Está muito cansado.

— Não. Me tornei bombeiro porque eu tinha coragem para ir aonde ninguém queria ir — responde Ernesto Wesley.

Os homens emudecidos refletem por breve instante e sacodem as cabeças em ligeiro sim. O caminhão entra na garagem do corpo de bombeiros e logo que desce Ernesto Wesley caminha até o vestiário. Nu, apalpa o próprio corpo. Aparentemente está bem. Usa uma pomada contra queimadura em algumas regiões, principalmente nas mãos e nos pés. Sai para fumar um cigarro no pátio do quartel. A madrugada é muito fria, com um céu parcialmente nublado e uma semilua opaca esforçando-se para permanecer fixa entre as estrelas.

58

Capítulo 4

O planeta é mensurável e transitório. Assim como o espaço para armazenar lixo está se findando, para inumar os cadáveres também. Daqui a algumas décadas ou uma centena de anos haverá mais corpos embaixo da terra do que sobre ela. Estaremos pisando em antepassados, vizinhos, parentes e inimigos, como pisamos em grama seca; sem nos importarmos. O solo e a água estarão contaminados por necrochorume, um líquido que sai dos corpos em decomposição e possui substâncias tóxicas. A morte ainda pode gerar morte. Ela se espalha até quando não é percebida.

Apesar de certa melancolia quando pensa nos incinerados, Ronivon sabe que a melhor maneira de garantir assepsia é quando se apagam os restos mortais no fogo. Pensar no fim do mundo é pensar em montanhas de lixo e solos encharcados de inumados.

Suspende a gola do casaco e esfrega as mãos uma na outra. Olha pela janela de cinquenta centímetros ao nível da grama do jardim e percebe a fina garoa do dia. O inverno deste ano será o mais rigoroso dos últimos trinta anos e espera que os fornos deem conta de todo o trabalho e da emissão de todo o calor possível. Retira do bolso a carta que havia deixado sobre o armário para Ernesto Wesley, que decidiu mantê-la lacrada. Dias se passaram, nem ele nem Ernesto a abriram ainda. Imagina que daqui a alguns dias estarão recebendo outra e dias depois outra e assim sucessivamente.

A porta da sala dos fornos se abre e Palmiro entra em passadas lentas resmungando o reumatismo que se acentua nos dias frios. Está vestido com duas calças, três casacos, e certamente este peso extra no vestuário lhe dificulta caminhar. Ele traz uma garrafa térmica com café fresco e copos descartáveis. Ronivon guarda a carta no bolso, apanha um copo e serve-se do café quente.

— Hoje acordei com dores por todo o corpo — diz Palmiro.

— Você precisa se cuidar.

— Eu preciso me aposentar, isso sim. Estou velho, cansado e doente. Este lugar é tudo o que tenho. Se eu for embora talvez fique jogado por aí.

— E a sua filha? Nunca mais falou com ela?

— Nunca mais. Escrevi pra ela novamente faz duas semanas e ainda não respondeu.

— Qual foi a última vez que vocês se falaram?

— Acho que faz uns oito anos.

Suspira o homem cansado. Ronivon bebe mais um pouco do café e contempla um pouco do dia pelos cinquenta centímetros que lhe são possíveis.

— Como está o movimento hoje?

— Está mais ou menos. Acho que não teremos muito trabalho.

— As quartas-feiras são sempre assim, não é mesmo? Pouco trabalho. Poucos corpos pra cremar — comenta Ronivon enquanto aquece as mãos segurando o copo quente.

— É, parece que sim. Acho que há dias mais propícios para a morte.

Ronivon parece concordar com um discreto balançar de cabeça. Estende o copo e Palmiro coloca mais café.

— Acho que vou levar o J.G. lá pra casa. O novo zelador vai chegar e ficar com o quartinho dele — diz Ronivon.

— É uma boa coisa que você faz. J.G. precisa de amigos. É um pobre coitado que certamente vai passar a vida toda nesse lugar e depois ser enterrado embaixo de uma das roseiras que ele mesmo plantou e cuidou.

Ronivon sorri. Pensar nisso o faz sentir-se bem de um certo modo.

— Acho que o J.G. sonha com isso. Ele adora esse lugar, as goiabas e as roseiras.

— Mas se caga de medo dos mortos — diz Palmiro rindo.

Eles ficam em silêncio por alguns instantes. Palmiro seca com um lenço o olho cego que lacrimeja. Palmiro dividiria com J.G. o quarto em que mora nos fundos do crematório caso houvesse espaço. O quarto é mínimo: uma cama de solteiro, um armário embutido de duas portas, um fogão de duas bocas, uma pia encardida e um velho criado-mudo com uma televisão de vinte polegadas sobre ele. A televisão é nova. Palmiro pagou quatrocentos reais em dez parcelas sem juros. J.G. mora no quarto ao lado, de mesma proporção, e eles dividem o único banheiro e uma geladeira que fica instalada no almoxarifado, um cômodo estreito entre os dois quartos. O zelador antigo não morava no crematório, por isso J.G. podia usar o quartinho. Palmiro sentirá muita falta de J.G. e das conversas bestas que têm. Ele é como um bom cachorro que pode permanecer horas ao seu lado em silêncio. Não reclama de nada. Sempre satisfeito, tem um sorriso curto nos lábios caso alguém o encare por mais de cinco segundos. Leal e companheiro. Nos fins de semana, é comum se sentarem num banco, lado a lado, e observarem em silêncio a extensão verde e bem cuidada do jardim do crematório. Palmiro costuma carregar um radinho a pilha nesses dias de folga e uma garrafa de cachaça. São sujeitos muito simples, sem ansiedade aparente e que suportam fardos em silêncio.

— Eu espero o mesmo pra mim. Espero poder descansar minhas cinzas embaixo daquela goiabeira que fica lá na entrada. Não se esqueça disso, Ronivon.

Palmiro abre a boca, afasta os lábios com os dedos e mostra a Ronivon oito jaquetas de ouro.

— Não esqueça de remover isso, tá bem? E manda pra minha filha. Está valendo um bom dinheiro. Sempre estará. Todo o investimento que fiz nessa vida está na minha boca. O ladrão não rouba, ninguém toma de você, os bancos não te pressionam. Nada disso. Ficam aqui na minha boca murcha embalados pelo meu hálito de pinga.

Palmiro dá uma risada rouca e tosse em seguida. Tosse continuamente até escarrar num lenço. Dá meia-volta, abre a porta da sala e segue pelo extenso corredor até as escadas.

Ronivon volta sua atenção para o forno e confere a temperatura. Tudo funciona bem. Repousa os olhos sobre o relógio de parede e percebe que em trinta minutos a cremação estará encerrada. Geverson, o moedor, funcionário responsável pela moagem dos restos mortais, sai da pequena sala em que trabalha. Ele retira as luvas e os óculos de proteção.

— Terminei mais dois — diz Geverson. — Está tão frio que eles estão levando menos tempo pra esfriar.

— Palmiro acabou de passar aqui com um café fresco — fala Ronivon.

— Vou aproveitar esse intervalo e me aquecer também.

— Ele subiu com a garrafa quase agora.

Geverson tira dos bolsos um pequeno pedaço de metal. Entre o dedo indicador e o polegar, eleva o objeto contra a luz do dia filtrada pela pequena janela e o observa com atenção.

— Encontrei isso aqui quando passava o ímã nas cinzas.

— Foi nas cinzas de quem?

— Do homem — murmura intrigado.

Ronivon apanha a prancheta sobre a mesa e verifica o nome do morto.

— Deve ser do senhor Aníbal. É, deve ser dele mesmo.

— Isso estava dentro dele.

— Me deixa dar uma olhada.

Ronivon verifica o pequeno objeto e lembra-se que não havia detectado nenhum objeto metálico no corpo do homem quando passou o detector de metais.

— Será que estava nos dentes? — pergunta Geverson.

— Talvez.

— É.... a gente nunca sabe mesmo. O que importa, não é? — comenta Geverson dando de ombros.

Os corpos incinerados, não raro, quando moídos, permitem em suas cinzas detectar pequenos fragmentos os quais esses homens nunca descobrem do que são.

Geverson apanha o objeto de volta e o coloca dentro de uma lata sobre a mesa contendo um punhado de outros pequenos objetos metálicos não identificados.

Geverson tira o avental e o pendura atrás da porta. Bate a possível poeira que possa existir de sobre o corpo e estala os dedos. Estica-se e boceja prolongadamente.

— Este ano vamos ter o pior inverno dos últimos trinta anos — comenta.

— Sim, eu li sobre isso — diz Ronivon.

Eles ficam calados, lado a lado, contemplando o frio do dia pelos cinquenta centímetros de vista.

— Você não vai tomar café?

— Estou com um pouco de azia. Sinto frio e meu estômago queima feito o inferno.

Geverson aperta a boca do estômago e dá um gemidinho. Os dois homens continuam contemplando o frio do dia pela espremida janela.

— Tente arranjar um pouco de leite quente com a Nadine.

— Boa ideia. Vou ver o que consigo arranjar.

Ronivon verifica a temperatura do forno. Pela portinhola tudo segue perfeito. Novamente diante da janelinha, ele bebe o último gole de café. Gostaria de mais um pouco, mas a nova ronda de Palmiro ocorrerá somente em duas horas.

— Amanhã vão fazer manutenção nos fornos — diz Ronivon.

— O triturador está precisando de manutenção também. Fica difícil trabalhar com ele desse jeito.

— Não vai ter expediente na parte da manhã.

— Onde você viu isso?

— Na recepção. Tá no quadro de aviso.

— Eu nunca reparo nessas coisas.

Palmiro abre a porta ainda com a garrafa térmica.

— Ainda sobrou café. Passei pra saber se queria mais um pouco.

Ronivon estende seu copo e Geverson apanha um para ele. Eles se servem e comentam entre si sobre o dia frio.

— Amanhã vai ter manutenção, né, Palmiro? — pergunta Geverson.

— Sim. Vão fazer manutenção no conversor termoelétrico também. Estão esperando muito frio pra este ano. Vão ligar os aquecedores — fala Palmiro.

— Espero que haja morto suficiente pra gerar toda essa energia — diz Ronivon. — Senão vamos ter um período difícil.

— Sempre contamos com os mortos — comenta Geverson.

Os outros dois concordam com um aceno de cabeça.

— Acho que não haverá problema. O gerente está negociando a cremação dos mortos de um grande acidente. Todos queimados — diz Palmiro.

— Acidente aéreo? — pergunta Geverson.

— Me parece que sim — diz Palmiro.

— Não ouvi falar — responde Geverson.

— Eu ouvi no rádio alguma coisa — fala Ronivon.

— Bem, se o carregamento chegar, teremos calor suficiente — conclui Palmiro antes de ir embora.

Ronivon e Geverson bebem mais um pouco do café admirando o dia pela janelinha.

— Até que o dia está bonito hoje, mesmo embaçado — suspira Geverson.

— Às vezes é melhor assim. Embaçado — retruca Ronivon.

Geverson concorda com um aceno da cabeça. Os dois homens continuam ali, a admirar o dia embaçado, a pouca visibilidade, e a esperar pelo carregamento de mortos que garantirá o calor e a energia suficientes para os vivos prosseguirem.

Capítulo 5

O calor gerado pelos fornos crematórios passa por uma tubulação ligada a um conversor termoelétrico, que transforma o calor em energia elétrica. O calor dos mortos ajuda a suprir parte da energia usada tanto no crematório quanto no hospital que fica a um quilômetro dali, além de em alguns estabelecimentos comerciais da redondeza. Os mortos do hospital, principalmente os indigentes, são cremados no Colina dos Anjos e seu calor transformado em energia para abastecer os vivos. Os vivos de Abalurdes sabem aproveitar bem os seus mortos.

A cafeteira, a música sacra que toca na capela, todas as lâmpadas dos postes do jardim, os computadores, o triturador, tudo é acionado pela energia proveniente do calor dos fornos. No hospital, que atende as pessoas que moram num raio de cento e cinquenta quilômetros, a energia produzida pelo conversor é vital para o seu funcionamento. Os mortos do hospital são vitais para o funcionamento dos fornos; por conseguinte, para a energia a ser gerada no conversor.

A escassez de energia elétrica começou há cerca de cinco anos. Em toda a região carvoarias e minas de carvão tornaram-se as fontes que mais abastecem a população. O carvão animal gerado pela queima dos mortos ainda é um experimento segregado, porém uma prática que em anos se tornará comum. As cidades estão em colapso. Os solos encharcados de inumados. O fogo em seu estado bruto tem se tornado uma fonte primordial de energia. É como voltar aos tempos primitivos. Regiões afastadas e em áreas isoladas são as primeiras a sentir os sintomas da escassez. Com o passar dos anos, todos sentirão. A região de Abalurdes está à margem do descobrimento e no imaginário de alguns visionários.

Abalurdes é uma cidade encravada na face alcantilada de um penhasco. O rio é morto e espelha a cor do sol. Não há peixes e as águas estão contaminadas. O céu, mesmo quando azul, torna-se carvoento nos fins de tarde. Uma região lamacenta e gelada nos dias de inverno. Nas áreas mais afastadas, ainda existem casas de alvenaria que são simples e desbotadas. A pavimentação é precária em algumas partes isoladas da cidade, com resquícios de um antigo asfalto. A estrada principal é mal iluminada, sem sinalização e com curvas acentuadas que margeiam longos despenhadeiros.

Abalurdes é uma região carbonífera. Funciona uma estrada de ferro que transporta o carvão mineral explorado no território. O tempo de exploração já dura cinquenta anos; o tempo em que os milhares de toneladas de carvão mineral continuam a ser extraídos.

Os homens que moram na região voltam das minas irreconhecíveis, revestidos de fuligem densa. Por todo o local a fina camada de cinzas cobre as superfícies. A outra parte dos trabalhadores mora em alojamentos próximos à mina.

A lavagem do carvão ainda é feita nos rios, e ao longo dos anos as águas se tornaram alaranjadas devido à oxidação do ferro que compõe a pirita, material extraído das minas com o carvão. Grande parte do solo é improdutiva; de aspecto ressequido e sem cor. A água potável para o consumo está se extinguindo, mais de cinquenta por cento da população apresenta alguma disfunção das vias pulmonares. A doença do pulmão negro está liquidando sorrateiramente os antigos e os atuais mineiros, homens flagelados, de aspecto murcho e pele sulcada por sinais do tempo.

Homens que mergulham em densas trevas num nível mais profundo que os inumados, respirando pó de carvão e distantes da luz do sol. Os acidentes nas minas são comuns e muitos morrem soterrados. Nem todos possuem coragem para escavar as minas. Ao vislumbrarem a profundeza e total privação da luz solar, com os altos riscos de soterramento, desistem. Para atingir níveis profundos dentro da escuridão é preciso ter coragem de ir aonde ninguém quer ir.

Mas sempre existem aqueles que possuem coragem para ir a toda parte. Edgar Wilson, aos vinte e três anos de idade, é um dos trabalhadores mais jovens da mina que gera emprego para cento e treze homens. Trabalha na mina desde os vinte anos, sem férias, com apenas duas folgas de um dia por ano, e nunca sofreu nenhum ferimento grave. Ele usa um calção e botas velhas de couro. Coloca um capacete, amarra uma lanterna de bateria à cintura e apanha sua pá escavadeira. Ele dirige-se para o elevador seguido de um colega que o acompanha. É hora do expediente de Edgar Wilson, que vive junto de outros homens num alojamento a um quilômetro da mina. Sua pele branca tornou-se encardida com o tempo. Edgar Wilson possui um tom amarelado, com fuligem na saliva e cinzas nos olhos. Cinza é a cor do seu olhar desde que passou horas incontáveis a duzentos metros de profundidade respirando fumaça tóxica, privado do sol e do céu. O dia em que deixar esse trabalho, ele está decidido a contemplar o céu todo o tempo que lhe for possível.

Os dois homens, cada um carregando uma garrafa d'água, uma garrafa térmica de café e suas respectivas marmitas embrulhadas em panos de prato encardidos, entram no elevador de ferro, um tipo de elevador usado em construção, que possui duas plataformas uma sobre a outra, e comporta em cada uma até seis homens. Eles completam a leva de mineiros e um dos homens aciona a alavanca. São quatro minutos de descida até atingir os duzentos metros de profundidade. Os vestígios de luz natural duram apenas vinte segundos. A partir disso, somente escuridão. É quando Edgar Wilson acende sua lanterna de luz amarela e hesitante. O som do elevador enquanto avança para as profundezas ganha um eco como um uivo distorcido.

A escuridão de uma mina é úmida, com constantes barulhos de gotejamento, iminência de desabamentos e um ar muito pesado. É uma escuridão que comprime os sentidos. Que dificulta a respiração. Aos poucos, esses homens tornam-se parte dela; acobertados pelas trevas tóxicas do ar poluído. Quando está fora da mina, Edgar Wilson gosta de acender um cigarro. Acostumou-se ao gosto de fuligem, ao queimado, ao fogo. Foi com os homens do alojamento que aprendeu a fumar. Porém, alguns homens fumam dentro da mina. É impossível controlar a todos. É difícil tratar com peões. São homens brutos, de índole primária e arredios à obediência. Lidar com peões é como apascentar jumentos no deserto. O local de uma mina de carvão é uma espécie de deserto. Isolado, abafado, muita poeira, e, mesmo com tantos trabalhadores, existe solidão. A imensidão das extensas proporções de terras ao redor pode esmagar a condição humana que existe até no mais bruto dos homens. Os jumentos são animais difíceis de dominar. Arredios, tentam derrubar quem neles monta; e, quando derrubam, eles pisam em cima e ainda tentam morder. São bestiais em muitos sentidos, esses homens e os jumentos.

O outro homem que entra no elevador junto com Edgar Wilson chama-se Rui. Este trabalha há vinte anos em minas de carvão. Tem o dobro da idade de Edgar Wilson e já não consegue executar outra tarefa a não ser essa. Rui pretende escavar carvão mineral enquanto viver. O fóssil negro, da cor de sua pele, já percorre o seu sangue. Sofre da doença do pulmão negro, porém a doença ainda não o impediu de trabalhar. Constantemente tosse e cospe uma secreção espessa de cor negra e gosmenta. Ele pretende terminar seus dias ali mesmo, naquela mina, pois tudo o que fez na vida foi trabalhar. Não sabe fazer mais nada, nem filhos ele soube fazer. Assim como Edgar, também vive no alojamento próximo à mina que abriga cerca de cinquenta homens. A outra parte volta para suas famílias. A maioria deles visita a família duas ou três vezes no ano, devido à longa distância. A jornada diária de trabalho dura doze horas. Edgar desce para a mina às cinco e meia da manhã e só retorna às cinco e meia da tarde. As refeições são feitas em uma das galerias da mina. Há três anos, esse homem conhece apenas o crepúsculo da manhã e do entardecer. Às vezes, quando está quieto numa parte do alojamento, tem dificuldades para se lembrar da cor do dia, da claridade do sol e do seu calor.

Eles descem calados. Todo o corpo sente escavar a terra e entranhar-se em suas dimensões de negrume. Rui mastiga a língua e isso espuma a saliva que se acumula no canto da boca. Nas dimensões profundas da terra os sons e os sentidos se amplificam. O elevador desce por um espaço justo, e é possível esbarrar nas paredes do longo poço por onde ele passa. O escoramento tende a ceder, pois entra água por todos os lados.

Após dois minutos de descida, Rui salta em uma das galerias e solta um grito como se seguisse para um confronto. O homem segue por um soturno corredor lamacento, usando botas de vaqueiro bastante surradas, camisa estampada e uma calça *jeans* desbotada.

Edgar Wilson continua a descida até a região mais funda da mina. Ele observa as paredes que estão a poucos centímetros de distância dele. São escavações rústicas. A única coisa que teme é ficar sem bateria em sua lanterna. A escuridão absoluta no centro da Terra é algo que o apavora. Não saberia voltar. Não saberia encontrar a saída. Quanto mais profundo ele está, mais pensa nas minhocas, porém seus pensamentos tendem a ser tépidos quando está nas profundezas. As minhocas são próprias para a umidade e escuridão. Mas os homens não. Deve ser por isso que muitos adoecem. O elevador para e ele desce. Agora, precisa avançar em direção ao interior da mina. São dois quilômetros adentro em um labirinto alagado. Outros quatro homens esperam por ele. Edgar Wilson acomoda-se dentro de um vagonete puxado por um pequeno trator. Ele sacoleja em linha reta em direção a outra profundidade até atingir a galeria em que trabalha, enquanto os homens discutem a partida de futebol do dia anterior entre risos e lamúrias.

* * *

Há três horas escavando uma parede de carvão incessantemente, Edgar Wilson para por pouco tempo para beber água. O trabalho dos homens daquela galeria já rendeu dois vagonetes de carvão que são empurrados sobre trilhos por dois homens responsáveis por essa tarefa. O som das marretadas perfurando o carvão é interminável. Todas as noites, quando tudo ao seu redor se faz silêncio, ele continua a ouvi-las. Edgar Wilson tem uma sensação eternizada por alguns ralos segundos. É um estranho pressentimento que o faz olhar para trás, por cima do ombro. Uma suave corrente de ar passa por suas costas, muito suave, mas perceptível aos seus sentidos aguçados. As trevas se fazem ainda mais densas. Quando se escava o carvão mineral, pode ocorrer a liberação de gás grisu, que é inodoro e formado por gás metano. Ao ser inalado não causa tontura nem outro sintoma, mas é de fácil combustão quando acumulado em grande quantidade. Uma simples fagulha de uma lâmpada serve de ignição para a explosão. Os exaustores de dentro da mina estavam desligados por dois dias devido à escassez de energia elétrica e voltariam a funcionar no fim da tarde. Foi uma rajada de vento que arremessou os homens a distâncias de dez ou doze metros e os escoramentos começaram a desabar. O gás em combustão queima e provoca morte por sufocamento, além de ser venenoso. Edgar Wilson abre os olhos, mas está cego devido à extrema escuridão. Sua lanterna desapareceu quando foi arremessado para as profundezas da Terra como um habitante das falhas subterrâneas. Sem nenhum vestígio mínimo de luz, levanta-se da grande poça de água e lama para a qual foi lançado. Cair dentro de uma poça daquelas evitou que se queimasse. Apalpa dolorosamente as paredes. Está um pouco machucado e parece que foi só. Ele ouve gritos de socorro, gemidos abafados e apavora-se pela primeira vez em toda a sua vida. Tenta se guiar pelo som dos gotejamentos. A fumaça é tão pesada e sólida quanto um muro de concreto. Ele tira a camisa, molha-a na poça e coloca contra o rosto numa espécie de filtro para conseguir respirar.

É impossível pensar em procurar alguém naquelas circunstâncias, ele precisa sair para voltar e buscar os outros. Pensa em todos os homens que estão ali embaixo, que trabalhavam como ele. Balbucia uma prece agarrado a uma medalha no pescoço. Ele rompe a nuvem de fumaça conforme avança contra ela e seu esforço o faz atravessá-la impetuoso. A respiração parece extinguir-se e a cabeça lateja. Edgar avança sentindo o peito dolorido, pesado, as pernas atrapalhadas. Segue orando pelo caminho tenebroso e apalpando os escoramentos destruídos. Caminha cego sem saber onde fica a entrada do túnel principal. Na entrada principal, à espera de socorro, estão outros homens. Eles se recolhem no chão apavorados e somente aguardam. Edgar Wilson fecha os olhos e pensa no céu azul. Se morresse, morreria com esta recordação. Se saísse dali, nunca mais invadiria as entranhas da Terra e trabalharia debaixo do sol todos os dias. Nunca mais se ausentaria dele.

Um fio de luz corta a escuridão. Javêncio, o encarregado do grupo, grita pelos homens que possam estar vivos. Eles gritam de volta e, através do fio de luz da lanterna de Javêncio, um grupo de vinte e três homens consegue sair daquele sepulcro. São guiados até o elevador, que não foi atingido pela explosão, e chegam à superfície da Terra.

* * *

A distância percebe-se a paisagem lunar; um aspecto desolador, cercado de montanhas negras de carvão embaladas pela fumaça que horas depois ainda permanece parada no ar, sufoca qualquer vestígio de esperança. Ernesto Wesley trabalha há oito horas. A primeira equipe de bombeiros não tardou em atender à ocorrência, porém quando chegaram havia uma alta concentração de gás carbônico, devido à queima de óleos, madeira e do próprio carvão. A possibilidade de novas explosões era temida e os bombeiros permaneceram durante horas aflitos por não poder fazer coisa alguma. O trabalho é pesado e o mais arriscado na carreira de Ernesto Wesley. O cheiro que vem de dentro da mina é de carvão, tanto mineral quanto animal. Os corpos, mais de cinquenta, se amontoam do lado de fora à medida que são resgatados de dentro da mina e a maioria está irreconhecível. Ernesto Wesley precisou de mais coragem do que havia precisado até o momento para invadir o centro da Terra incendiado, numa profundidade de mais de duzentos metros. Isto, para ele, é a certeza de que não há nada mais que não possa fazer e que sua ousadia é ilimitada. A sua e a dos outros colegas. Ele está imundo. A fuligem, a fumaça, o cheiro tóxico de poluentes, a devastação e o calor do fogo misturado ao dia frio querem esmorecer os homens, mas todos avançam para dentro das trevas e retornam com homens mortos de expressões tenebrosas. Muitos corpos estão retorcidos e mutilados. Os dedos das mãos estão rasgados e alguns decepados, como se eles tivessem se arrastado em busca de ar. A morte por sufocamento é lenta e causa desespero. Comprime o peito e permite à vítima muito tempo para sofrer. É uma morte cheia de dor. Depois de oito horas trabalhando, Ernesto Wesley tem autorização para descansar.

Ele tira o capacete e lava o rosto e a boca com a água que despeja de uma garrafa. Em seguida, bebe toda a água e seca o rosto com um pedaço de pano que apanha no caminhão. Enche um copo descartável com café, servido por uma senhora que desde o início do acidente procura trazer alento a todos. Ela serve bolo e café e percebe-se que é uma mulher pobre, como a maioria das pessoas da região. Porém, é uma espécie de mulher que não permanece inerte diante das dificuldades dos outros. Rara mulher que com bondade faz multiplicar bolo e café, o que torna a jornada de descida até os subterrâneos menos sombria.

— Pelo visto, vocês terão muito trabalho ainda — comenta a mulher.

— Sim, senhora — responde Ernesto Wesley.

— Eu sabia que isso ia acontecer um dia. Todo mundo sabe o perigo do gás que fica lá embaixo. Graças a Deus, o meu filho Douglas pediu as contas semana passada, senão ele estaria lá embaixo também. Já agradeci tanto a Deus que vim aqui ajudar os outros como posso. Deus livrou meu filho da morte.

Alguns homens aproximam-se da mulher para se servirem de bolo e café, e ela começa a contar para eles a mesma história que havia acabado de contar.

Ernesto Wesley senta afastado a alguns metros da mina na intenção de respirar um ar menos contaminado. Alisa os cabelos e acende um cigarro. Toma o café sem pressa. Ele tem vinte minutos para descansar e aprendeu que esse curto tempo de folga deve ser apreciado sem ansiedade. A fuligem faz pesar as pestanas de seus olhos. Olha comovido a pilha de carvão animal ao lado da pilha de carvão mineral. Não é possível identificar qual é mais negro. Se misturados, homens e fósseis se confundiriam.

Encolhido, próximo a um poço, Edgar Wilson escarra no chão uma secreção escura. Seu olhar é fixo no horizonte e seu semblante imperturbável. Por trás da crosta de carvão que reveste sua pele, escondendo sua cor clara e seus cabelos castanhos, ele parece inabalável.

Ernesto Wesley olha para ele e Edgar não se move.

— Ei, homem! — grita Ernesto Wesley.

Sem resposta.

— Ei, homem... você estava lá embaixo?

Edgar permanece quieto. Ernesto Wesley insiste mais algumas vezes e Edgar Wilson retorna seu olhar e sua atenção daquele ponto imutável que o faz sucumbir em silêncio.

— Sim? — reage Edgar Wilson.

— Você estava lá embaixo? Na mina? — pergunta Ernesto Wesley.

Edgar demora um pouco para responder, mas sacoleja a cabeça suavemente em resposta afirmativa.

— Você está bem? Qual o seu nome? Você está se sentindo bem, rapaz? — insiste Ernesto.

— Acho que sim — fala Edgar.

Ernesto Wesley levanta-se e segue para vê-lo de perto, pois até ali a fumaça atrapalha a visão.

— Ei, rapaz, como você está? Você precisa ir pro hospital.

— Eu estou bem — suspira Edgar Wilson. — Eu estou mesmo bem.

Edgar coça os olhos avermelhados.

— Você não me parece bem.

— Eu não sei como devia parecer alguém que se desviou da morte. Mas essa é a minha cara, senhor.

Ernesto toma um gole do café já morno. Uma fina garoa começa a cair deixando uma camada delicada de água sobre os homens.

— Tá vendo lá aqueles corpos? Eu arrastei um punhado deles comigo até a boca do túnel. Quando alcancei a entrada do túnel, havia outros homens lá esperando socorro, gritando... todo mundo pensou que ia morrer.

Edgar Wilson escarra no chão mais uma vez. Seus pulmões estão impregnados de carvão e fumaça. Ele tosse.

— Até que o seu Javêncio, encarregado do grupo, apareceu com uma lanterna pra ajudar a tirar a gente de lá. Ele tinha outra lanterna com ele. Todos os outros foram com ele, mas eu peguei a outra lanterna e fui buscar meus colegas que ficaram pra trás. Na escuridão.

Edgar Wilson faz uma pausa. Olha para o céu. É um dia nublado, sem vestígios do sol, mas ainda há vestígios do dia. Isso o conforta.

— Eu consegui trazer dez homens até a entrada do túnel. Repeti o caminho tantas vezes que a lanterna já nem fazia diferença. Eu parecia a porcaria de um morcego — ele dá uma leve risada e logo seu aspecto cai em amargura.

— Eu trouxe um por um no meu lombo. Dois ainda estavam vivos: o Everaldo e o Rui. O Everaldo ia se casar na semana que vem e a gente tava programando uma festa pra ele. O Rui era um sujeito mais velho, trabalhador das minas a vida toda. O Rui morreu lá embaixo mesmo e me pediu pra ficar lá. Disse que não queria ser enterrado não, que queria ficar na mina, então eu obedeci, porque eu sempre obedeço ao Rui. Ele sabe das coisas. Levei ele pra dentro de uma galeria e coloquei ele dentro de um vão espremido aberto durante a explosão e cobri com entulhos. Quando voltei o Everaldo tinha morrido. Não vai ter mais festa aqui.

Ernesto Wesley ouviu tudo calado. Consternado, abaixa os olhos. Ele entende perfeitamente o mineiro e sabe que esse homem nunca mais esquecerá o que aconteceu ali. Espera que isso faça dele melhor em tudo, pois certamente essa experiência interferirá em seu caráter e fortalecerá o seu espírito. Edgar Wilson ameaça ir embora.

— Vai aonde? — questiona Ernesto Wesley.

— Vou embora. Não tenho mais nada aqui.

— Você deveria ficar e prestar depoimento. Você estava lá embaixo e sobreviveu.

— Não tenho mais nada aqui.

— E o que você vai fazer, rapaz?

— Vou aceitar um trabalho que me ofereceram faz tempo. Vou ver se estão precisando ainda.

— Você tem certeza que ficará bem?

— Acho que sim.

— No que vai trabalhar?

— Vou abater porcos e nunca mais perder o céu de vista.

Edgar Wilson vira-se e segue em direção ao alojamento, onde apanhará seus pertences e o dinheiro que conseguiu juntar. Ele nunca mais perdeu o sol de vista.

Capítulo 6

Depois de alguns meses trabalhando, Ernesto Wesley percebia que uma promoção estava por perto, caso continuasse a executar bem o seu trabalho. Depois de um ano trabalhando apenas duas vezes na semana num dos fornos do crematório Colina dos Anjos, que atende aos indigentes e aos animais, ele vivia com dívidas e um salário muito pequeno. Houve uma festa em sua casa quando vestiu a farda de bombeiro pela primeira vez. As coisas se resolveriam a partir desse momento, era o que pensava enquanto comia uma fatia do bolo com glacê feito por sua mulher e compartilhado pela filha de quatro anos.

No dia do aniversário de cinco anos de sua filha, ele trocou o turno da noite pelo dia, devido à festinha que sua mulher preparava para a menina. A mulher também havia trocado de horário para sair mais cedo do trabalho. Ela era caixa em um supermercado que ficava a dois quilômetros de casa.

Vladimilson, irmão mais velho de Ernesto Wesley e Ronivon, passou para buscar a sobrinha, a quem havia prometido um presente. A babá, uma garota de quinze anos, vizinha da família, não queria deixar a menina sair com o tio sem a permissão dos pais. Ela tentou ligar de um telefone público para eles, mas não conseguiu. Rosilene sentiu um aperto na boca do estômago quando viu Vladimilson colocar a criança no carro. Insistiu para ir junto, mas ele se recusou. Disse que voltaria logo, que iriam até a cidade para comprar um presente. Rosilene tentou ligar mais algumas vezes para Ernesto, que naquela hora estava no quartel e era sempre mais fácil conseguir falar com ele do que com a mãe da criança, mas o número estava ocupado. Insistentemente ocupado. Rosilene voltou para dentro de casa; aflita, não podia fazer mais nada. Decidiu lavar algumas peças de roupa da menina e terminar o almoço: um macarrão com carne moída e molho de tomate. Ela pendurou as roupas no varal. O dia ensolarado e com vento ajudaria a secá-las depressa. Duas panelas sobre o fogão: uma com o macarrão e a outra com a carne moída, refogada com extrato de tomate e cheiro-verde. Rosilene sentou-se à mesa da cozinha e, mesmo com fome, não conseguiu almoçar. O aperto na boca do estômago não havia passado.

Da mesa da cozinha ela via as roupas balançando no varal. Estavam bem pregadas. Ventava bastante. Estava envolvida pelo cheiro da comida, as roupas sacudindo no varal e o silêncio. Ela permaneceu ali, apenas sentada. Quieta. Percebeu que chorava sem sentir quando uma lágrima caiu sobre a mesa. Secou o canto dos olhos. Olhou para as roupas no varal e elas pararam lentamente de balançar e por alguns segundos nada se moveu. O vento passava ao largo. Rosilene foi até o lado de fora, no quintal, e estava tudo quieto. Eternizado. Olhou para trás, e novamente as roupas voltaram a sacudir embaladas pelo vento. Foi para a frente da casa, sentou-se na calçada e esperou.

Foi a mãe de Rosilene a primeira a aparecer. Ela usava vestido de algodão, um avental sujo e trazia nas mãos um pano de prato. Caminhava cruzando as passadas. Era um mau sinal quando ela caminhava desse jeito. A notícia chegou primeiro ao telefone de uma quitanda ao lado da casa dela. Rosilene abraçou a mãe antes que ela contasse o ocorrido.

Aquele trecho da estrada era conhecido como "a curva da espinha do diabo". Outros apelidaram de lordose do capeta. Após bater numa mureta desgastada, o carro capotou três vezes. A menina estava sentada no banco de trás, segurando a boneca que havia ganhado do tio. Ele se lembrava que ela gritou duas vezes assim que bateram e depois uma espécie de eco surdo abafou seus ouvidos. O rosto de um rapaz foi a primeira coisa que viu ao abrir os olhos. Perguntava se estava bem. Vladimilson sentia o impacto da batida, mas estava bem. A porta ao lado do motorista estava emperrada e os outros homens que apareceram começaram a forçá-la. Ele olhou para trás e viu o braço da menina esmagado entre um emaranhado de ferros. Ele chamava por ela. Ainda estava viva quando os bombeiros chegaram. Vladimilson conseguiu sair do carro quando arrancam a porta, e estava de pé, com alguns cortes no rosto e tronco, quando Ernesto Wesley chegou para fazer o socorro. Ernesto Wesley nunca gostou de usar a motosserra, e naquele dia ele foi poupado. Quando tiraram a sua filha, ela estava morta. Ele também havia morrido ali.

Vladimilson foi preso, pois foram detectados indícios de embriaguez. Ernesto Wesley nunca mais falou com o irmão, que foi condenado a oito anos de cárcere.

A mulher de Ernesto Wesley começou a definhar após a morte da filha. Tirou licença do trabalho e permanecia sentada durante horas numa cadeira de plástico, ambas esquecidas no quintal. Assim, meses se passaram. Ernesto Wesley tornou-se mais calado e ganhou um aspecto sombrio. Numa noite, quando voltou do trabalho, encontrou a mulher caída no chão da sala. Ele se sentou ao lado dela e a abraçou ternamente durante uma hora. Já estava morta. Havia tomado remédios em excesso. Ele não se abalou em momento algum.

Cremou o resto de sua família no dia seguinte e enterrou as cinzas da mulher ao lado da filha, sob os pés de uma roseira no cendrário do crematório Colina dos Anjos.

Tirou dois meses de folga, e durante esse tempo não houve quem tivesse notícias suas. Mas ele voltou e parecia se sentir muito bem. Nunca disse por onde andou, e, quando o questionavam, dizia que isso nunca deveria ser perguntado.

Alugou uma nova casa e chamou seu irmão, Ronivon, para morar com ele. Os dois pintaram as paredes e fizeram todos os reparos necessários na casa velha, desde o encanamento até a fiação. Conseguiram três meses de abono no aluguel devido às melhorias. Algumas semanas morando na nova casa, Ernesto Wesley encontrou Jocasta, abandonada dentro de uma caixa de papelão na porta de uma quitanda do bairro. Ele havia saído cedo para comprar jornal, era sábado e seu dia de folga. Levou a cadela para casa carregada com cuidado na palma da mão. Alimentou-a com leite em uma mamadeira e a viu crescer. Depois de algumas semanas, decidiu dar esse nome a ela. Jocasta é a que cura do veneno. É a única mulher da casa, ele costuma dizer.

* * *

Fazia duas semanas que J.G. morava no quartinho ao lado da cozinha na casa de Ronivon. Jocasta o tinha como estranho ainda e J.G. não podia nem pensar em ver as minhocas. Decidiu plantar algumas rosas numa parte vazia do quintal. Jocasta, durante a noite, cavava a roseira plantada e a espalhava por todo canto. Assim acontecia desde a chegada de J.G.

— Não liga não, J.G. Logo a Jocasta acostuma com você. Ela é praticamente a dona desse quintal, mas tem juízo pra saber a quem deve obedecer — diz Ernesto Wesley.

— Ela é uma boa cachorra, não é seu Ernesto? — diz J.G. terminando de tomar seu café da manhã.

— Sim. Ela é uma boa cachorra.

— Quero muito que ela goste de mim. Mas ela ainda não gosta. Nem de mim nem das roseiras.

— Tudo vai ficar bem — conclui Ernesto ao se levantar.

As palmas batem no fundo do quintal. Ronivon vai atender aos apelos de dona Zema, a vizinha que cria galinhas. Dona Zema segura uma de suas crias degolada e bastante machucada.

— Ronivon, eu falei com o Ernesto faz dias e ele não fez nada ainda com essa cachorra. Olha isso! Essa cachorra tá matando todas as minhas galinhas.

— Dona Zema, eu...

— E não adianta me pedir calma. Eu quero saber: o que vocês vão fazer?

— Vamos tentar ajeitar a cerca.

— Essas galinhas é tudo o que tenho de mais valioso na vida. Nem essa casa aqui é minha, é do meu irmão. Só tenho as galinhas pra me valer.

— Sim senhora, dona Zema. O problema são as minhocas. As galinhas da senhora pulam pela cerca pra ciscarem no minhocário, e a Jocasta não deixa ninguém chegar perto das minhocas, só eu e o Ernesto.

— Olha, Ronivon, eu te digo uma coisa. Eu vou dar um jeito nessa cachorra se vocês não fizerem nada. Se mais uma galinha minha aparecer com um arranhãozinho, eu vou dar um jeito nessa cachorra. — Dona Zema, ameaçadora, vira-se sobre os calcanhares e volta para o galinheiro.

Ronivon volta para dentro de casa, preocupado.

— Ernesto, a mulher está enfurecida. Ela está ameaçando a Jocasta — fala Ronivon.

— Eu vou reforçar essa cerca assim que tiver tempo.

— Uma vez eu tive um cachorro... — diz J.G. — Mas deram veneno pra ele e ele acabou morrendo com a língua pra fora.

— A dona Zema pode fazer alguma maldade com a Jocasta — diz Ronivon.

— Vou dar um jeito nisso. Pode deixar.

— Ah, antes que eu me esqueça: o Palmiro quer umas minhocas desidratadas.

— Acho que tenho algumas na lata.

Ernesto Wesley verifica o conteúdo da lata e o pesa numa balança sobre a pia.

— Dá cinco reais. Diga a ele que depois eu mando mais. É pra fazer farinha?

— Sim. Ele tem moído essas minhocas e come no café da manhã. Tem reclamado menos das dores no corpo.

— Eu também gosto da farinha de minhoca do seu Palmiro. Ele sempre me dá um pouquinho — comenta J.G.

Ronivon e J.G. vestem seus agasalhos e gorros antes de saírem. Caminham dez minutos até chegarem ao ponto de ônibus que os levará ao crematório. Nos últimos dias o frio tem se tornado mais bruto. O aspecto carvoento do céu se intensificou. A impossibilidade de os raios de sol atravessarem tanto a camada de fuligem que cobre o teto da cidade quanto as nuvens carregadas transforma Abalurdes num lugar desolador. Uma espécie de deserto de cinzas; com o céu pesado, formado por blocos de nuvem que aparenta concreto. Um céu sem dimensões. Ao largo do horizonte, em qualquer direção que se olhe, existe uma sensação de infinito, como se aquela vastidão desoladora se estendesse até os limites possíveis do entendimento de cada cidadão.

O novo zelador trabalhou durante trinta anos como coveiro num cemitério próximo a uma cidade vizinha. Chama-se Aparício e tem uma perna mais curta que a outra. Quando pequeno enfiou o pé num bambu, porém o pai não deixou que fosse levado ao hospital. Disse que ficaria bom em casa com banhos de ervas e compressas. O pé ficou aleijado e, quando voltou a andar, meses depois, com o apoio de muletas, o mundo passou a ter uma ondulação especial através de seus próprios movimentos. O pé aleijado mal se firmava no chão e por anos permaneceu pendurado, inútil. Seus braços ganharam tônus e firmeza e podia cavar sete palmos em um tempo consideravelmente bom. Coveiro foi seu único emprego por toda a vida. Enterrou mais de vinte e cinco parentes e familiares. Quando seu pai morreu, fez para ele uma cova mais profunda. Com um palmo a mais. Essa cavidade extra foi por conta dos anos de ignorância e estupidez do pai. Um homem grosso, severo com a família e boa-gente com os vizinhos. Falso e dissimulado. Tinha amantes e gostava de humilhar o empregado que trabalhava para ele na vendinha que tinha orgulho de dizer que era dele, um negócio que tocava com mão firme. Era comum debochar do pé aleijado do filho e isso fazia Aparício sentir mais ódio do pai. Depois de enterrar o pai a oito palmos de profundidade, sentiu um alívio especial. Foi orientado a passar por uma cirurgia e conseguiu recuperar o pé em cinquenta por cento. Depois de meses de fisioterapia, passou a usar um sapato ortopédico com um salto oito centímetros mais alto no pé que foi operado. Achou graça por ter sido oito centímetros e seu pai descansar a oito palmos. Ainda caminha com alguma dificuldade, mas as ondulações devem ter diminuído em oito graus, é o que imagina.

Aparício é um bom homem. Se mudou para Abalurdes depois de enterrar a mulher. É viúvo faz um ano e não pretende se casar mais. Os filhos moram em outra cidade e estão todos casados. É um homem pacífico que em todos os dias de sua vida teve o choro dos outros, a desesperança e o arrependimento muito próximos. Folgava nos domingos e no Natal, em todos os outros dias ele abria covas. Em todos os anos de trabalho foram cerca de trinta e cinco mil mortos. Mortos de toda espécie. Gosta de fumar cachimbo e faz seu próprio fumo, que aprendeu a preparar com o avô. Um fumo aromático que deixa um sabor de menta na boca. Ele cheira a ervas queimadas e em suas blusas é comum ver pequenos furos abertos pelas pequenas fuligens que caem de seu cachimbo. Aparício inspira confiança e é um homem agradável a todos.

Logo depois de se levantar e tomar café da manhã no seu quartinho cheirando a mijo seco, Aparício sai ainda bem cedo para caminhar às margens do cendrário. Gosta de jardins, e este do Colina dos Anjos é especial e muito bem-cuidado. Existe uma neblina, devida ao frio da manhã, que dificulta enxergar a distância. Muito agasalhado e usando um gorro de lã, ele suspende a gola do casaco e caminha como é habitual. Percebe uma mancha escura e estática na neblina a metros de distância, no meio do jardim. Ele evita caminhar sobre a grama ou sobre os mortos, pois é assim que compreende. O seu respeito aos mortos foi um dos primeiros temores que aprendeu, desde cedo. As neblinas das manhãs de frio são cerradas e de uma brancura espectral. Ele avança sobre a grama e segue até a mancha.

A mancha é Palmiro sentado num banco, com o radinho a pilhas ainda ligado no bolso do casaco. Caída aos seus pés uma garrafa de pinga, sem rótulo, como costumava tomar. Uma cachaça que ele comprava toda semana de um alambique nos arredores de Abalurdes.

Seus lábios estavam roxos, sua expressão engessada e o corpo aparentava *rigor mortis*. Aparício não tocou em nada. Colocou o dedo indicador sob o nariz, mas não havia respiração. Estava imóvel, como as estátuas de gesso espalhadas pelo cendrário.

Ninguém havia chegado ainda. Ligou a cobrar para o gerente, de um telefone público em frente ao crematório. O homem não demorou a chegar.

Foi um dia de luto num lugar de luto. Ronivon olhou para o saco de minhocas desidratadas e as colocou dentro da mochila. J.G. permaneceu apenas calado e muito triste. Palmiro morreu de enfarto na noite anterior. Estava muito frio e era comum ele se sentar naquele banco para ouvir rádio e beber. Estava bêbado demais quando passou mal, tanto que não conseguiu pedir ajuda.

Depois de liberado, o corpo de Palmiro foi para o frigorífico do crematório onde permaneceu por dois dias. Como não tinha parentes a quem recorrer, era apenas cremar e enterrá-lo ao pé da goiabeira, como ele queria.

* * *

Aparício abre a porta da sala dos fornos com uma garrafa de café. Ronivon confere a temperatura e anota uma informação numa folha de papel sobre a mesa.

— Bom-dia, Ronivon.

O homem mostra a garrafa térmica sorrindo.

— Estava precisando de um café — diz Ronivon.

— Eu mesmo passei esse café. Espero que vocês gostem. Sei que o Palmiro vai fazer muita falta.

— É verdade. Ainda nem dá pra acreditar nisso.

— Hoje é a cremação dele?

— É hoje, sim. Logo depois desse que já está acabando. Vai ser difícil torrar o velho.

— Eu imagino. Já enterrei vinte e cinco pessoas da minha família e parentes também. Amigos, foi um bocado. É duro mesmo. Enterrei minha mãe, nove irmãos, meu pai...

— Eu sei como é. É duro mesmo despachar todo esse pessoal todos os dias.

— Mas eu acho que não conseguiria cremar ninguém. Deixar só as cinzas, o pó... eu acho que não.

— É, Aparício, eu pensava a mesma coisa, mas eu apago os vestígios. Apago dias, anos e décadas de existência. É isso o que eu faço aqui.

Aparício dá um sorriso curto e vira-se para Geverson, a quem serve um pouco de café. Geverson reclama da azia e ainda assim toma café regularmente. Os três ficam parados olhando pela janela de cinquenta centímetros ao nível do chão, contemplando o dia cinza e gelado com seus cafés quentes.

O responsável pelos corpos do frigorífico empurra a porta com a maca que carrega o caixão com o corpo de Palmiro.

— O nosso velho está aqui, Ronivon. Inteirinho. Não esqueça de devolver o caixão — diz o homem e sai em seguida.

Aparício dá uma boa olhada em Palmiro.

— Nem tive a chance de conhecê-lo.

— Era um bom homem — diz Geverson pedindo mais café.

Eles ficam em silêncio e terminam seus cafés enquanto olham pela janela. É uma espécie de despedida, já que em tantos outros momentos conversaram sobre coisas banais naquele mesmo local.

* * *

Aparício foi embora faz algum tempo e Geverson já levou para a sala de moagem o corpo recém-cremado que já estava frio. Ronivon abre o caixão de Palmiro. Como o velho não tinha dinheiro para um, esse caixão só foi emprestado para sair do frigorífico. Não será cremado dentro do caixão nem haverá ato ecumênico ou coisa que o valha. Ele será cremado sem caixão, direto na bandeja. Ronivon coloca o corpo de Palmiro sobre uma mesa de mármore e verifica os seus dentes. Sente alívio ao saber que todos os dentes de ouro estão lá. Ele conta os oito dentes mais uma vez.

Abre a porta da sala de moagem.

— Geverson, você viu aquele alicate pequeno?

Geverson desliga o triturador, que é bastante barulhento.

— O que você disse?

— Você viu aquele alicate pequeno?

— Tá aqui comigo. Às vezes eu preciso dele aqui nesse triturador. Esse troço está uma porcaria. Fica difícil trabalhar assim. Meu serviço não rende.

Geverson coloca os óculos protetores e liga o triturador antes que Ronivon conclua que logo o trará.

Com os dedos Ronivon abre a boca de Palmiro e arranca os incisivos de ouro. Esses são mais simples de remover, porém necessita de esforço. Os mais difíceis são os molares. Os molares são todos de ouro. Ronivon apanha um martelo e uma pequena faca. Enterra a faca sob um dos molares e martela o topo do cabo até que o dente se desprenda. Dentes são difíceis de remover, são cravados até o osso, enraizados profundamente. Quando consegue desprendê-lo, puxa-o com o alicate. A remoção dura cerca de uma hora.

— Você fez mesmo, não é? — comenta Geverson olhando o corpo de Palmiro sobre a mesa de mármore.

— Ele pediu e eu precisava fazer.

Ronivon está removendo o último dente. Este está difícil de sair. Geverson pede para ajudar.

— Pode deixar... acho que está saindo — fala Ronivon num esforço muito grande.

Todo o seu corpo treme com a força que faz. O dente sai, Ronivon quase escorrega devido ao impulso. Coloca o dente em um copo de lata junto dos outros removidos. Ele seca o suor da testa, sente-se abafado e tira o casaco.

— Pronto, velho. Tirei todos. Toda a sua fortuna está aqui dentro.

Ronivon sacode o copo.

— Me ajuda a colocar ele na bandeja.

— O que vai fazer com os dentes?

— Mandar pra filha dele, não foi isso que ele pediu? Agora preciso achar essa filha do Palmiro.

Os dois colocam o corpo dele na bandeja. Ronivon e Geverson fazem uma prece antes de cremá-lo e cada um diz algumas palavras de despedida ao amigo. Ronivon aciona o sistema que abre a porta do forno e empurra a bandeja. Palmiro começa a ser engolido pelo fogo. Em uma hora e meia, restará só carvão.

Capítulo 7

Em Abalurdes os corpos continuam a ser cremados e, ao contrário do que se imaginou sobre a escassez de matéria-prima nos fornos crematórios, dezenas de indigentes e bêbados morrem durante o frio da madrugada em toda a circunvizinhança. As temperaturas atingem níveis muito baixos. Nem os animais resistem, como as vacas do pasto de seu Gervásio. Muitos cães vira-latas que perambulam pela cidade são recolhidos durante o dia, todos mortos. Os ratos que comumente rodeiam o minhocário estão distantes. Jocasta precisa dormir dentro da casa para se proteger do frio, porém permanece em estado de alerta. Logo pela manhã, quando abrem a porta da cozinha, ela corre para o quintal no intuito de conferir as minhocas. Lambe as patas quando termina a inspeção.

Ernesto Wesley anda inquieto nos últimos dias e Ronivon pela sétima vez tenta escrever uma carta para a filha de Palmiro. Desde as cinco da manhã ele se esforça, mas não consegue. Ernesto passa um café fresco e mexe alguns ovos na frigideira. J.G. permanece sentado à mesa, quieto, aguardando o seu café. Hoje ele vai enterrar as cinzas do velho ao pé da goiabeira que fica na entrada do crematório. Ronivon tem um endereço da filha de Palmiro, o mesmo para onde o velho escreveu durante oito anos e nunca houve resposta.

— Seja direto, Ronivon. Diga que o velho morreu e que deixou uma herança pra ela.

Ronivon coça a cabeça, arranca a última folha do bloco e se coloca a escrever novamente sem dizer nada. Ernesto serve os ovos e o café para eles e senta-se à mesa.

— Acho que é isso mesmo. Vou ser direto. Ainda hoje quero colocar essa carta no correio.

Ronivon come parte de seus ovos mexidos e bebe meia caneca de café até criar coragem. Alimentado, sente-se mais firme.

— Chegou outra carta dele, Ernesto.

Ernesto Wesley não responde.

— Eu vou abrir dessa vez — diz Ronivon.

— Por quê?

— Acho que ele quer dizer alguma coisa.

— É claro que quer dizer, mas eu não quero saber.

Ernesto come o restante dos ovos mexidos que estão em seu prato e bebe o que resta do café. Ronivon hesita.

— Eu sinto um peso por isso, Ernesto. Eu acho...

— Se você quer falar com ele, fale você.

— Mas as cartas são pra você.

— Eu não vou ler nenhuma delas.

— Mas também não joga nenhuma fora.

Ernesto Wesley fica calado. Coloca o gorro de lã e veste um casaco pesado.

— Hoje eu pego o plantão de quarenta e oito horas. Coloca a ração pra Jocasta e as sementes de girassol que estão aí no armário. Bom-dia pra vocês.

Ronivon responde ao cumprimento e apanha a carta de Vladimilson que está no seu bolso. Ele não consegue abrir a carta do irmão preso e não consegue escrever a carta para a filha de Palmiro. Apanha o bloco novamente e decide terminar com aquilo.

"Cara Marissol,

Seu pai está morto. Deixou uma herança. Suas cinzas estão enterradas no Colina dos Anjos. Precisamos nos falar."

Assina o seu nome e deixa o endereço e um telefone para contato. Dobra o papel e o coloca dentro de um envelope branco. Preenche o endereço e deixa para lacrá-lo na agência dos correios. A carta de Vladimilson ele decide deixar para mais tarde. Prega-a com um ímã na porta da geladeira.

* * *

A fila de corpos está longa. Serão quatorze cremações e Ronivon sabe que precisará fazer hora extra para dar conta de todo o trabalho. Os dois primeiros corpos cremados estão sendo moídos e o som agudo do triturador ricocheteia na sala. Antes de ir trabalhar, passou na agência dos correios e está em paz por ter enviado a carta. Gostaria muito de ter notícias da filha do velho e, estranhamente, Ronivon sente que terá em breve. Certamente uma herança aguça qualquer interesse. Ele a encontrará e fará sua parte para que Palmiro descanse em paz e para que ele mesmo tenha honra entre os mortos.

O trabalho no crematório tem sido intenso. A outra sala dos fornos tem funcionado principalmente para dar fim aos restos mortais de exumados, animais e indigentes. São horas de serviço executado por outro cremador que trabalha três vezes na semana. Os dias intercalados são de responsabilidade de Ronivon. Ainda que haja escassez de tantas coisas, de mortos nunca há. A morte não folga. Quanto mais difícil a vida, mais a vida gera a morte. O trabalho que executa é interminável. Ronivon cuida das duas salas simultaneamente. Primeiro passa o detector de metais sobre o peito dos dois mortos. Tudo parece estar em ordem. Coloca-os dentro do forno e só precisa esperar pelo trabalho das chamas. Na segunda sala, sobre uma bandeja de aço, estão restos exumados de vários corpos enterrados numa vala comum. São partes misturadas, sem identificação possível. Esses restos mortais são de pessoas que doaram seus órgãos para a ciência. A exumação foi necessária para abrir espaço para novos túmulos. Coloca um avental, luvas e máscara antes de manuseá-los. Liga o rádio numa estação de notícias e os arruma em outra bandeja, a que vai para o forno. Crânio, antebraço, mãos, a ossada é bastante misturada. Enterrados numa vala comum, agora serão cremados numa bandeja comum e suas cinzas se misturarão para sempre. Os vestígios serão depositados nos fundos do crematório, na vala comum cheia de excrementos e lixo. Após arrumar os restos na bandeja, insere-os no forno. Quando termina, retira as luvas e a máscara. Permanece com o avental.

O aquecedor do crematório está funcionando há semanas. O ambiente é agradável, porém no subsolo o efeito não é o mesmo que na parte de cima, que deve ser bem aquecida para recepcionar os parentes dos falecidos e realizar os seus atos ecumênicos. O aquecedor central ajuda a manter centenas de casas aquecidas num inverno rigoroso como este.

Ronivon sabe muito pouco o que acontece lá em cima. Desde a hora em que chega, ele permanece no subsolo. Faz suas refeições, almoço e lanche, num pequeno cômodo próximo às escadas. Ele nunca sobe para o andar de cima. Tem permissão apenas para caminhar na parte de baixo, e, com seu trabalho delicado e que requer vigilância, Ronivon nunca pode se ausentar dos incinerados. Comunica-se com o andar superior do crematório por um interfone instalado em sua mesa, onde apanha dentro da gaveta o alicate de Geverson e o leva para devolver quando escuta uma pausa na moagem.

— Geverson, eu vim trazer o alicate.

— Pode deixar aí.

Geverson coloca o conteúdo do copo do triturador dentro de uma urna com uma etiqueta.

— Prontinho... a dona Brigida está guardadinha — diz Geverson, satisfeito com seu trabalho. — Olha isso aqui, Ronivon... veja as cinzas, os grãos fininhos e uniformes!

Ronivon olha para dentro da urna e admira-se. Geverson coloca os óculos protetores e apanha uma nova leva de carvão animal etiquetado no balde como "Mário".

— Isso é um liquidificador? Parece um — pergunta Ronivon intrigado.

— Isso aqui é um liquidificador, Ronivon. Eu não posso trabalhar só com esse triturador velho. Disseram que vão comprar um novo; mas até agora, nada.

— Você trouxe de casa?

— Sim, eu trouxe. Acho que agora meu trabalho vai render mais. É bem potente esse liquidificador. Tem várias velocidades, veja só. Foi presente de Natal da minha sogra.

Ronivon cruza os braços e apoia-se num canto da sala enquanto Geverson trabalha e conversa um pouco. É um dia tranquilo e frio, como têm sido todos os últimos dias, e espera apenas ter coragem para abrir a carta do irmão ainda hoje.

Decide ir ao banheiro e caminha até o final do corredor. A lâmpada está queimada, e precisa usá-lo na penumbra em que se encontra. A porta da sala dos fornos é aberta ao empurrão da maca com o caixão. Mais uma entrega está sendo feita. É um som seco que desfila pelo corredor até ricochetear ao final de sua extensão. Todos os sons produzidos no subsolo são ecoados e têm efeito sobrenatural.

Ronivon sai do banheiro e no corredor cruza com o funcionário responsável pelos corpos no frigorífico. Cumprimentam-se com um aceno breve e seguem, para extremidades opostas do corredor. A dois passos de abrir a porta da sala, uma explosão vem do lado de dentro. Ele tirita de susto e sente sob seus pés e nas paredes do corredor a vibração do impacto. A porta trepida intensamente, e as duas placas de vidro que permitem olhar para dentro da sala trincam numa série de estalidos.

O forno principal explodiu e os dois corpos incinerados por incompleto foram lançados aos pedaços pela sala, e suas partes crepitantes atiradas ao ar são como pequenos fogos de artifício. Essas partes em fogo espalhadas pela sala provocam pequenos focos de incêndio sobre os muitos papéis e objetos inflamáveis. Geverson sai da sala de moagem com o extintor de incêndio e apaga os focos. Ronivon liga para o andar superior e pede socorro. Em meia hora uma equipe de bombeiros chega ao local, inclusive Ernesto Wesley, bastante preocupado.

— Foi o marca-passo — diz Ernesto Wesley.

— Mas eu verifiquei — retruca Ronivon.

— A perícia comprovou.

Ronivon apanha dentro da gaveta da mesa o detector de metais e entrega a Ernesto.

— Eu já testei várias vezes. Não está funcionando — diz Ronivon.

Ernesto liga o aparelho, testa sobre alguns objetos metálicos espalhados pela sala e comprova o defeito.

— A coisa estava muito pior antes de vocês chegarem. Eu e o Geverson recolhemos todos os restos dos dois corpos. Ficaram espalhados pela sala. Misturados.

Ronivon está visivelmente consternado. Terá o resto do dia de folga assim que terminar de explicar pela segunda vez aos policiais o ocorrido. Para os parentes dos mortos que se reuniam em ambas as capelas, disseram que foi uma explosão em um forno antigo que cremava restos mortais exumados e que suspenderam a cremação. Todos ficaram abalados. O outro forno (o antigo), que funciona na sala ao lado, não foi atingido, porém teve suas atividades suspensas até o local ser liberado pela polícia e voltar a funcionar em segurança. O gerente do crematório está transtornado.

— As atividades de cremação estão suspensas até uma nova inspeção para liberar o funcionamento. A ordem não deve ser descumprida sob pena de multa e punição.

Foram essas algumas das palavras do policial responsável pelo boletim de ocorrência. A ninguém foi atribuída culpa pelo acontecido. Ronivon tinha enviado duas solicitações para o escritório do gerente pedindo o reparo ou a compra de um novo detector de metais. O aparelho enguiçado foi levado pela perícia como prova, juntamente com a cópia das duas solicitações escritas e enviadas por ele. Ronivon deixou a sala dos fornos ainda com vestígios de fumaça e sem saber quando as coisas voltariam ao normal.

* * *

A fila de corpos não para de crescer. Chegam em média cinco mortos por dia e eles começam a se espremer no frigorífico. O novo forno demorará algumas semanas para chegar. As burocracias demandam tempo e exigem paciência. O gerente não consegue dormir, pensando numa solução. Em três dias o crematório receberá a visita de uns investidores e é preciso que tudo funcione bem. A pilha de corpos amontoados no frigorífico é uma visão lastimável. Porém, o pior são os olhos humanos questionando o que fazer com aquele amontoado.

O gerente convoca uma reunião e entre os que participam estão Ronivon, Geverson, J.G. e Aparício.

— Em três dias vamos ter a visita de alguns investidores que vão ampliar as atividades do Colina dos Anjos, transformando este lugar no polo nacional da morte — ele alisa alguns fios de cabelo e faz uma breve pausa.

O gerente chama-se Filomeno. Um homem branco, com veias salientes nos braços e mãos. Usa óculos de lentes grossas que deformam sua expressão e aumentam o globo ocular. Possui uma corcunda que se acentua com os anos. Seus cabelos estão em queda. Há muitas falhas por toda a grande cabeça. Ele os penteia de baixo para cima na tentativa de esconder a imensa careca. Evidente que isso torna seu penteado excêntrico, porém esse penteado mostra muito do seu caráter. Filomeno é um homem que tenta encobrir qualquer vestígio daquilo que pode abalar sua reputação. Sejam os indícios de velhice com uma careca à mostra, seja a incompetência de dar cabo dos mortos.

— Nós temos um grande problema aqui e sei que ninguém quer perder seu emprego.

Os homens sacodem a cabeça em negação.

— Acontece que eu preciso tocar esse negócio. Tenho certeza que em pouco tempo estaremos muito melhor do que estamos agora. Muito mesmo. E os seus salários provavelmente terão um reajuste de vinte por cento. O que me dizem?

Os homens sorriem e entreolham-se. Estão animados.

— Mas diante do que aconteceu temos uma sala cheia de corpos e não podemos rejeitar nenhum. Nós somos os melhores da região. Num raio de seiscentos quilômetros não há nada que se compare ao Colina dos Anjos.

Os homens sacodem a cabeça em afirmação e expressam baixinho entre lábios retraídos que não há lugar que se compare ao Colina dos Anjos.

— Eu vou precisar da ajuda de vocês. De todos vocês — salienta Filomeno com o dedo em riste. E continua:

— Vocês precisam dar cabo dos oitenta e sete corpos que estão superlotando o meu frigorífico. Não sei o que vão fazer, mas sei que quero aquele lugar esvaziado em dois dias. Disso depende o emprego de cada um aqui.

Os homens entreolham-se novamente, mas sem entusiasmo ou ruídos de comemoração. Permanecem calados. Filomeno espera por uma resposta. Ele senta-se à sua mesa. Ajeita-se até encontrar uma posição confortável e todo esse ritual é para dar tempo aos homens de encorajarem-se.

Filomeno apanha um pente do bolso e, de baixo para cima, penteia os cabelos. Com as mãos abertas, ele alisa e ajuda a assentar todos os fios.

— Homens, não me olhem com essa cara. A morte não folga. Nós precisamos dar um jeito pra que tudo fique bem. Amanhã teremos muita mercadoria chegando de um acidente que aconteceu ontem. Soube que até agora são trinta mortos. Todos devem vir pra cá. O que faremos? Eu não posso rejeitar essa mercadoria, já disse que vou aceitá-la.

Ronivon dá um passo à frente. Cauteloso.

— Senhor, não temos onde colocar tantos corpos.

— Eu sei. E vocês têm dois dias para esvaziarem o frigorífico.

— E o que faremos com os mortos? — questinona Geverson.

— Eu gostaria de não saber — responde Filomeno.

O telefone toca. Filomeno atende e pede um instante. Diz aos homens que estão liberados e que em dois dias fará nova inspeção para saber se tudo está em nova ordem. Volta ao telefone e os homens saem da sala calados, sem norte.

Reunidos numa parte do cendrário, encolhidos de frio eles discutem o que parece ser uma tarefa tenebrosa e sem alternativa.

— Acho que enterrar os corpos é a única solução — diz Aparício.

— Não sei. Chamaria muita atenção abrir tanta cova assim — retruca Geverson.

— Mas podemos colocar todos numa vala comum — fala Aparício em tom de conclusão.

Eles discutem um pouco e exaltam-se em intervalos, até que uma possibilidade parece ser a mais sensata.

— Acho que devemos queimar todos eles — fala Ronivon.

— Não podemos fazer uma fogueira — diz um dos homens.

— A uns vinte quilômetros daqui tem uma carvoaria. Eles têm muitos fornos de barro lá e não trabalham à noite.

— Você acha que conseguiria com eles? — pergunta Aparício.

— Podemos tentar. Não vai sair de graça, mas acho que conseguimos algum dinheiro com o seu Filomeno.

— E um caminhão também? — questiona Geverson.

— Isso também. Eu conheço o capataz da carvoaria, o homem responsável por todo o lugar. A gente joga carteado todas as quintas — diz Ronivon.

— Vamos fazer mais carvão?

— Sim, J.G., vamos precisar fazer mais carvão.

Ronivon puxa os protetores de orelha de seu gorro e suspende o olhar para o céu. Todos os homens se mantêm pensativos. O céu está menos nebuloso depois de alguns dias com os fornos do crematório desativados. Para os lados da carvoaria as nuvens pesam mais, como imensos blocos de concreto, e as cinzas escurecidas são ainda mais visíveis do que em toda a região.

Capítulo 8

A paisagem lunar é insuflada por calombos de barro fumegantes. São espécies de casulos muito semelhantes a ninhos de cupins, com uma fenda vertical similar a uma vagina e com diversos furos por toda a estrutura bojuda para a saída do calor. Essas rústicas construções são fornos de barro alinhados lado a lado ocupando uma ampla extensão de terras, cercados por vegetação ainda viva; a pouca que se mantém. O cenário é embaçado, por entre os muitos rastros de fumaça que deslizam pelo ar e tornam sinuosa e infernal a paisagem da carvoaria. Ainda distante, os olhos ardem com a fumaça espalhada pelo vento, e, na parte alta do vale, Ronivon admira os homens miudinhos que caminham por entre os fornos, alimentando-os com lenha através da fenda e outros que com uma pá retiram a lenha já transformada em carvão e a depositam em uma pilha alta e negra.

Quando os solos são contaminados e os rios poluídos, a cidade jaz na esterilidade. Mas os habitantes de Abalurdes valem-se da natureza morta do carvão para subsistirem. Os fornos são como mulheres fecundadas que geram a vida. A vida é o carvão, mas que também é morte.

A fuligem cobre os olhos, os ouvidos, a boca. Esses homens carvoeiros são cegos, surdos e mudos pelas cinzas. Não usam luvas, botas, filtros para respirar ou roupas adequadas. Manuseiam tudo com o corpo exposto, a pele à mostra e os pulmões infectados. Enquanto trabalham, são irreconhecíveis. São todos iguais durante o trabalho que dura dez horas por dia, seis dias por semana. Passam a maior parte do tempo cobertos de um negrume que não sai mais, pois todos os dias eles voltam para o mesmo lugar. Assim, vistos de longe, esses homens são apenas sombras. Todos negros e sem distinção. São sombras produzidas pelo trabalho duro que é transformar natureza viva em morta para subsistir.

Alguns trabalhadores têm os dedos esmagados ou decepados por alguma das ferramentas durante o manuseio nas atividades diárias. Perde-se lá o dedo, mas isso não altera a condição de nenhum deles. São todos homens e sombras.

Melônio Macário caminha atento entre as vielas formadas pelos fornos. Verifica o funcionamento de um por um com olhar experiente. Suas roupas são da cor do céu; carvoento. Seu olhar é enegrecido e até os cílios são pesados de fuligem. O paladar é amargo e o cheiro ardido das chamas do carvão não lhe permite sentir outro perfume. Diante de um tonel de água amarelenta, ele tira o chapéu de palha e enfia a cabeça por alguns poucos segundos. Apesar do frio, o calor nas vielas dos fornos é intenso. Suspende a cabeça e seca-se com um pedaço de pano que carrega no bolso da calça. Coloca novamente o chapéu e vai para a improvisada casa do alojamento.

Aproxima-se de um homem deitado numa cama de colchão encardido e rasgado. O ambiente do alojamento é embaçado de fumaça. Por toda parte os olhos de qualquer um ardem e a respiração é difícil. Melônio Macário toca em seu braço e murmura o nome do homem. Ele está doente faz dois dias. Tem uma infecção intestinal e sente muitas dores. Hoje, outros dois homens vão levá-lo embora para a sua casa.

— Seu Melônio, eu tô com muita dor.

— Calma, eles já vêm te buscar, rapaz.

O homem faz sinal para um balde próximo da cama. Melônio estende a mão e o puxa. O homem suspende a cabeça e vomita dentro do balde. Está muito fraco e as dores aumentam sempre que vomita.

— Eles já devem estar chegando.

Melônio apanha o pano que carrega no bolso e seca o suor da testa do homem, acalentando-o.

— Seu Melônio, eu não quero morrer aqui.

— Calma, você não vai morrer, rapaz. Eu que tô velho, já tive tudo que foi doença e tô aqui de pé. Você vai ficar bom.

O homem sinaliza novamente para o balde e vomita mais uma vez. Melônio está preocupado, mas não aparenta. Tira do pescoço a corrente com a medalhinha sacra que carrega há trinta anos e a deixa com o doente.

— Toma. Tenha fé, rapaz, você vai melhorar. Aperta com bastante força e ela vai te ajudar.

Melônio Macário sai do alojamento e chama um dos funcionários, que empilha carvão numa das muitas montanhas negras que se espalham pelo local. O homem, ao breve sinal do seu capataz, atende suas ordens e vai ter com ele.

— O Xavier tá muito doente. Os homens disseram a que horas vêm?

— Não disseram, não, seu Melônio.

— Mas você telefonou como eu te mandei?

— Telefonei, sim senhor. Mas eles não disseram quando vêm.

— Eu vou mandar o Zé Chico ligar de novo. Diz pra ele vir aqui e manda o Chouriço ficar no lugar dele.

— Sim senhor.

O homem sai correndo para cumprir as ordens e em seguida Zé Chico prontifica-se a ir até o telefone, que fica a seis quilômetros de distância, na beira da estrada, em frente a um posto de gasolina.

— Zé Chico, diz pra eles que o homem tá muito doente. Homem meu não morre quando eu tô comandando. Diga isso pra eles. Entendeu bem? Pega o meu cavalo e vai rápido. Eu preciso tirar o Xavier daqui.

Melônio Macário entrega a ele algumas moedas para comprar um cartão telefônico no posto de gasolina e pede que vá o mais depressa possível.

Antes que Melônio volte a atenção completamente para o trabalho entre as vielas de fornos, Ronivon, que até o momento andava insuspeito pelo local, encoberto pela fumaça, cumprimenta Melônio.

— Rapaz, o que você faz aqui? — diz Melônio surpreso estendendo a mão para cumprimentá-lo.

— Oi, seu Melônio, eu vim falar com o senhor.

— Então diga, rapaz.

— Eu nem sei como começar, mas...

— Espera só um instante que eu já volto.

Melônio segue até uma das vielas e verifica a leva de lenha que vão depositar num dos fornos. Grita com um dos homens para remover a pilha de carvão que se encontra em frente ao forno para o outro lado da viela, apontando a direção exata. As pilhas de carvão são colocadas dentro da caçamba de um caminhão e levadas para serem embaladas na distribuidora que fica distante da carvoaria.

Melônio Macário tira do bolso um charuto pela metade e o acende enquanto caminha de volta para falar com Ronivon, que o espera um pouco aturdido em meio ao caos que é esse lugar. Eles se afastam alguns metros para longe dos fornos até Ronivon sentir os olhos menos ardidos.

— E então, já sabe como começar? — questiona Melônio.

— Seu Melônio, um dos fornos lá do crematório explodiu e agora só temos o forno velho pra trabalhar. Mas o serviço é muito grande e no frigorífico tem uma pilha de corpos que nem cabem mais na geladeira e a cremação no forno velho é lenta e não dá conta de todo mundo. Lá, só um de cada vez.

Melônio baforeja o charuto e respira a fumaça aromática. Balbucia alguma coisa entre os lábios finos, mas Ronivon não percebe.

— Amanhã chegam uns investidores lá, foi isso que o nosso gerente disse. Uns homens importantes que vão investir no crematório. O meu emprego e de todo o pessoal depende da gente conseguir dar um jeito nos corpos, o senhor entende?

Melônio faz que sim com a cabeça e traga o charuto mais uma vez. Fica em silêncio por alguns instantes, pensativo.

— Eu só vou ter os fornos liberados à noite. Volte às seis e traga os corpos. Quantos são?

— Oitenta e sete.

Melônio desvia o olhar para o charuto entre os seus dedos. Faz algumas contas com a outra mão, balbucia para si qualquer coisa novamente.

— É muito, não?

— Sim, e eles não param de chegar.

— Eu tenho forno suficiente aqui, mas você precisa trazer todos os homens que tiver lá, porque vai ser uma noite muito longa.

— E como acertamos, senhor?

— Eu quero uma garrafa de rum e outra de uísque. Mas precisa ser coisa boa.

Ronivon concorda com a cabeça.

— E outra coisa: tenho um homem aqui muito doente e preciso levar ele pra um hospital e precisa ser logo. Você veio dirigindo?

— Eu vim com a lambreta do meu irmão.

— Ele é bem magro. Acha que consegue levar ele com você?

— Acho que sim.

Com a ajuda de outro homem, eles colocam Xavier montado na moto e enrolado num lençol. Amarram Xavier ao corpo de Ronivon, pois ele está muito fraco e não tem forças para se agarrar a nada, somente à medalhinha. Ronivon liga a lambreta.

— Xavier, você precisa aguentar firme, tá bom? É o único jeito. Ronivon, eu te espero às seis em ponto.

— Sim senhor, e muito obrigado.

Ronivon volta para a estrada principal guiando a lambreta o mais rápido possível. Leva vinte e cinco minutos para chegar ao hospital mais próximo. Xavier vomitou quatro vezes durante a viagem. Ronivon estava de estômago vazio e pôde aguentar não vomitar também.

Xavier foi atendido e medicado. Deixou o homem internado e extremamente agradecido. Ele volta para casa molhado de vômito, fedendo e com mais frio. Porém as coisas estavam se resolvendo, e até a noite tudo estaria terminado.

* * *

Ernesto Wesley cuidou do minhocário durante todo o seu dia de folga. Estranhou o fato de dona Zema não importuná-lo sobre as perseguições de Jocasta às suas galinhas e não escutou nenhum barulho vindo da casa da mulher. É comum dona Zema ficar boa parte do tempo na varanda dos fundos costurando, fazendo massa para pão ou bolo e cuidando do galinheiro, onde passa bastante tempo incentivando suas galinhas a trabalhar. Pensou que pudesse ser o frio que a tivesse espantado ou talvez tivesse ido visitar algum parente que mora nas redondezas de Abalurdes. Ernesto Wesley verificou a cerca de arame que separa o seu quintal do da vizinha e constatou muitos fiapos de pelos de Jocasta. A cadela costumava se coçar contra as pontas do arame farpado. Assim que tivesse dinheiro disponível, Ernesto faria uma cerca de madeira bem mais firme e segura. Já vinha economizando para isso.

Passou o dia em casa sem ter colocado a cara na rua. À tarde, depois do almoço, dormiu um pouco e acordou com alguém batendo à sua porta. Ele jogou um cobertor por cima da cabeça e se enrolou todo. Abriu a porta e era o rapaz que trabalhava na quitanda do bairro. Era sobre um telefonema que recebeu a respeito de seu irmão Vladimilson e que o quitandeiro precisava falar com ele. Ernesto se trocou, vestiu a cabeça com o gorro de lã e colocou dois casacos. Ainda a alguns metros do quitandeiro, percebeu sua apreensão de pé na calçada, cabeça altiva como se sondasse a distância e os cabelos finos eriçados. Quando Ernesto Wesley chegou, ele o levou para os fundos da quitanda, numa pequena sala amontoada que chama de escritório.

Ronivon chega em casa e vai direto para o banheiro. Tira toda a roupa vomitada e a deixa na varanda dos fundos. Se mete debaixo do chuveiro de água quente e, dez minutos depois, está revigorado. Quando sai do banheiro, já vestido, depara-se com Ernesto Wesley sentado à mesa da cozinha, perturbado. Ronivon aproxima-se do irmão e o toca no ombro. Ernesto agarra sua mão.

— O que foi, Ernesto?

— É o Vladimilson.

— O que tem ele?

— Tentaram matar ele.

— Tentaram?

— Tá no hospital e quer ver a gente.

— Como foi isso?

— Uma briga entre os presos e um sujeito esfaqueou ele e depois tocou fogo. Disseram que é questão de horas até morrer e que só fala que quer ver a gente.

Ronivon desmorona sobre uma cadeira e arria a cabeça entre as mãos. Eles ficam quietos. Jocasta enfia a cabeça pela porta entreaberta da cozinha e entra vagarosa. Deita-se aos pés de Ernesto Wesley e solta um gemido. Depois de algum tempo desconcertados, Ronivon levanta-se.

— Eu preciso resolver um problema no trabalho e vou passar a noite toda lá na carvoaria do seu Melônio Macário.

— O que houve?

— Vamos cremar oitenta e sete corpos lá. Estamos com problemas no Colina dos Anjos.

Ernesto, de olhos marejados, parece não se importar.

— Pela manhã, passa lá e me apanha. A gente precisa ir logo.

Ernesto concorda com a cabeça.

— Acho que consigo a Kombi do quitandeiro emprestada — diz Ernesto.

— Não quer ir na lambreta?

— Acho que vamos ter que trazer ele com a gente.

— É... provavelmente.

Ernesto Wesley e Ronivon despedem-se na calçada. Ernesto segue em direção à quitanda para tentar conseguir a Kombi emprestada e Ronivon, carregando uma mochila, apanha um ônibus até o crematório para acertar os preparativos da longa noite.

* * *

Uma hora antes do anoitecer, todos os homens que conseguiram reunir no crematório, ao todo oito, trabalham na árdua tarefa de empilhar os corpos dentro de um caminhão-baú. Filomeno, o gerente, conseguiu o caminhão emprestado com seu cunhado que é caminhoneiro e lhe deve alguns favores.

Os homens improvisaram uma rampa na parte traseira do caminhão e com a ajuda de duas macas eles levam os corpos até o seu interior. Lá dentro, J.G., com sua desmedida robustez, empilha um por um. Ronivon, que lida com uma das macas, lembra-se do cenário avistado horas antes. A lenha sendo depositada dentro do forno e a retirada do carvão horas depois. Em pouco tempo, todos os corpos estão empilhados. Um dos funcionários do crematório dirige o caminhão, pois antes de trabalhar como preparador de cadáveres ele foi caminhoneiro.

Três homens vão sentados na boleia e os outros cinco vão dentro do baú com os mortos e um lampião para iluminá-los na escuridão.

Vinte quilômetros de percurso inóspito, por uma estrada abandonada e sem asfalto na maior parte de sua extensão, eles chegam ao local.

Melônio Macário está sozinho. Todos os homens já foram embora para o alojamento que fica a dois quilômetros do lugar ou voltaram para as suas casas, aqueles que moram nas redondezas.

Está sentado dentro do improvisado alojamento bebendo rum e escutando o noticiário em um rádio a pilha. Ele escuta o caminhão chegar, mas espera que Ronivon venha até ele. Está cansado, está velho, mas deve continuar prosseguindo, pois isso foi tudo o que fez em sua vida.

Ronivon enfia a cabeça pela porta e dá um toque contra a madeira velha que forra o alojamento.

— Seu Melônio, boa-noite. Já está tudo aí.

— Trouxe quantos homens com você?

— Comigo são oito, senhor.

— Bom.

Ele dá o último gole em seu rum e guarda a garrafa em uma prateleira junto do copo de vidro emborcado. Um copo amarelento pelo uso constante de rum e que nunca é lavado.

Ronivon tira da sacola duas garrafas e as entrega a Melônio. Ele as apanha e sob a luz fraca do lampião constata com um rosnado a qualidade das bebidas. Era exatamente o que queria.

— Vamos agora. Temos que terminar antes do amanhecer.

Os homens, sob as ordens de Melônio Macário, organizam-se como os seus peões de dia. Acostumado a queimar madeira viva, a lenha, para se transformar em carvão, explica aos homens que o procedimento será o mesmo. Os fornos já estão acesos e bem aquecidos. Quinze fornos serão utilizados, ou seja, trabalharão numa das muitas vielas da carvoaria. Por não ter luz elétrica, o local é iluminado por tochas em toda a extensão da viela. O capataz diz que o carvão animal deve ser removido dos fornos e empilhado do lado de fora, e outro homem deve colocá-lo no carrinho e empilhá-lo num local determinado. O carvão animal será ensacado pelos homens e no dia seguinte Melônio o venderá para algumas famílias da região que ainda utilizam o carvão vegetal em suas casas para cozinhar e se aquecer do frio durante esse inverno rigoroso. Melônio Macário misturará os dois tipos de carvão, animal e vegetal, para efetuar a venda. Assim, apagam-se todos os vestígios para todos. Com o dinheiro que ganha como capataz, mal consegue sobreviver, e ainda precisa enviar parte do seu salário para duas filhas pequenas, fruto de seu último casamento.

Os homens começam o trabalho. A noite fria ainda não demonstra no que se tornará com a chegada da madrugada. Os homens levaram café e cachaça para se aquecerem enquanto trabalham e o intenso calor dos quinze fornos vai ajudar a mantê-los aquecidos.

Os homens removem a primeira leva de corpos do caminhão. Melônio Macário já contabilizou tudo. São oitenta e sete corpos para serem cremados em quinze fornos. Cada forno suporta dois corpos e isso significa que terão um rodízio de três queimadas. O tempo de cremação será em torno de quatro horas e isso significa doze horas de trabalho, para que pela manhã, antes de os homens chegarem, eles já tenham terminado. Para intensificar o calor dos fornos, os homens os abastecem de lenha e os corpos são inseridos, nus e sem caixão, nos fornos em brasa.

Melônio supervisiona e dá muitas ordens, porém todos os homens obedecem ao capataz e cumprem suas funções calados. Quando a primeira leva está sendo cremada, ele senta-se em sua habitual cadeira e assiste a tudo. Ele apanha a garrafa de rum e o copo amarelento, que permanecerá ao seu alcance, em cima de um toco de árvore, por toda a noite. Diferente do cheiro da lenha torrada é o dos corpos. O fedor é tão insuportável quanto a pesada fumaça. É carniça em brasa. Ronivon alertou que todos os homens levassem um pano para cobrirem o rosto, pois ele conhece o cheiro queimado da morte. A fuligem que começa a cobrir o local e a envolver os homens é fúnebre e eles evitam tocar no assunto. Todos estão cobertos de cinzas e bebem para suportar o frio e o sacrilégio. O cheiro é terrível e espalha-se por toda a região. Nem mesmo pela manhã terá se dissipado, e jamais se dissipará da lembrança dos envolvidos.

Melônio Macário dá sinal para que a primeira leva seja removida e que imediatamente a segunda seja colocada. Controla tudo pelo relógio sem pulseira que carrega no bolso do casaco. Três carrinhos estão disponíveis e começam a remoção desde o início da viela. Com uma pá eles removem o conteúdo dos fornos e, sim, resta apenas carvão. Mesmo não sendo possível identificar nenhum osso por inteiro, ainda em alguns se percebem algumas partes da anatomia humana. Enquanto um grupo remove os corpos, outro grupo preenche novamente os fornos com uma dupla de cadáveres. Melônio preocupa-se com os possíveis vestígios e, na pilha que se forma dos restos cozidos e algumas partes carbonizadas, ordena que eles passem com as rodas do caminhão por cima, para que tudo seja triturado.

Depois de moído, o carvão é misturado a uma pilha de carvão vegetal numa parte que fica nos fundos da carvoaria. Depois de moído pelas rodas do caminhão, quase tudo se tornou pó. O que não fosse aproveitado seria espalhado pelo vento.

O trabalho se alongou por toda a noite e madrugada. Depois da primeira leva retirada do forno, ninguém mais teve tempo de parar e descansar. Dividiam a bebida, e a viela dos fornos os mantinha aquecidos. Quase doze horas de trabalho, e, quando o sol aponta no horizonte nublado de mais um dia frio, estão todos irreconhecíveis devido ao excesso de fuligem, feito homens-sombra. Há silêncio entre todos e o som das passadas de um lado para o outro e o empilhamento do que resta do carvão é todo o barulho que se ouve. Ronivon está sentado no chão com as costas apoiadas num tronco de árvore. Observa os homens se moverem nos minutos finais para concluírem o trabalho. É a retirada. Assim como na guerra, eles tentam disfarçar os destroços e agrupados vão embora. Está muito cansado e satisfeito com o fim de tudo aquilo. O caminhão está vazio, nenhum vestígio em canto algum.

O ronco da Kombi pode ser ouvido a distância. Cambaleando sobre as depressões salientes, Ernesto Wesley estaciona e desce. Ronivon permanece sentado observando o irmão procurá-lo. Ele cumprimenta alguns dos homens e percebe Ronivon esmorecido. Aproxima-se e dá uma bela olhada ao redor. Retira o gorro por alguns instantes e bate a poeira de fuligem.

— Pelo visto vocês tiveram muito trabalho — diz Ernesto Wesley.

Ronivon concorda com um aceno de cabeça.

— Você está bem?

— Eu não sei — responde Ronivon.

Ernesto estende a mão para o irmão e o ajuda a se colocar de pé.

— Não fica assim, irmão.

— Foi um sacrilégio, Ernesto. Acho que nunca vou me perdoar.

— Ronivon, isso demora, mas passa. Você vai ver.

— Não sei.

— Eu já me esqueci de quantas pilhas de corpos vi crescer na minha frente nesses anos como bombeiro. O cheiro da carne torrada, a deformidade, a destruição.

— Mas isso foi diferente.

— Você faz isso todos os dias, Ronivon. Você é cremador de corpos. É isso que você faz.

— Apago os vestígios — completa Ronivon.

Ernesto Wesley abraça o irmão e caminham até os homens que finalizam o serviço. Eles se limpam, cada um com um pedaço de pano molhado num dos tonéis de água barrenta, que usam até para beber, e removem a sujeira dos braços, rostos e pescoços.

Todos, exceto Ronivon, entram no caminhão poucos minutos antes de os carvoeiros chegarem. Ronivon e

Ernesto Wesley entram na Kombi e vão embora depois de se despedirem de Melônio Macário.

— Não esqueça o carteado na quinta-feira, rapaz. Sem você fica desfalcado.

— Sim, seu Melônio, eu vou estar lá.

Ernesto Wesley, assim como Ronivon, passou a noite em claro. Decidiu fazer uma broa de milho, duas garrafas de café fresco e um creme de milho verde. Colocou tudo dentro de uma caixa de isopor embalada em papel-alumínio. Enquanto Ernesto dirige, Ronivon recobra as forças alimentando-se e descansando um pouco. Mas não consegue dormir. Os dois estão apreensivos com o encontro.

— Até resolver tudo, acho melhor a gente dormir por lá — diz Ronivon.

— Eu não vou com você.

Ronivon olha desacreditado para Ernesto Wesley.

— Eu tenho que estar no quartel daqui a duas horas. Vou te deixar na rodoviária.

— Não, Ernesto. Você não vai fazer isso comigo. Ele é seu irmão também.

— Você é o meu único irmão, Ronivon. Eu passei a noite em claro e sei que não quero ver ele.

Silêncio.

— Eu fiz café, broa e uma sopa. Leva com você.

— Isso não está certo, Ernesto.

— É assim que será. Se você não for, eu não me importo.

Durante a viagem até chegarem à rodoviária não trocaram nenhuma outra palavra. Pareciam, assim, suportar um o peso do outro.

Ronivon desceu da Kombi carregado da mochila e da bolsa com os preparativos de Ernesto Wesley e não disse uma palavra. Ernesto gritou seu nome e ele se voltou com alguma esperança no coração.

— Você revirou a compostagem? Hoje é dia de alimentar as minhocas.

— Sim. Já está no ponto. Revirei ontem.

Volta-se cabisbaixo e segue a caminhar até o guichê de passagens.

Capítulo 9

Com uma pá, um homem corta o barro e o despedaça pelo chão, enquanto dois peneiram o barro, formando uma montanha esfarelada. Um outro coloca o barro peneirado num carrinho, com a ajuda de uma pá. Leva o carrinho até uma área descampada, onde, agachados diante de tijolos de barro recém-fabricados, homens trabalham. Cerca de vinte cuidam da modelagem. Trabalham de cócoras e costas arqueadas durante todo o tempo.

Com as mãos desprotegidas moldam o barro em formas retangulares de madeira simples. Dois homens são responsáveis por misturar a água e o barro para melhorar a consistência da matéria-prima, que também possui areia na sua composição. Eles retornam com um galão de água suja, jogam aos poucos na pequena montanha para em seguida revirá-la com uma pá.

Por todo lado estão policiais armados e cães treinados. Eles rodeiam a olaria e observam o trabalho dos presos. Se não fosse pelos policiais, seria uma olaria qualquer, mas esta trata de acolher presos sentenciados da penitenciária de Abalurdes. Situada distante da cidade, longe das carvoarias e minas de carvão, o local é uma região barrenta e isolada. O trabalho da olaria acontece nos fundos da penitenciária. Os presos trabalham oito horas por dia com uma folga semanal. Outro grupo de homens cuida da horta, da pocilga e do galinheiro. Todos recebem salário pelo trabalho que executam. Para alguns, estar preso é sinônimo de uma vida melhor para suas famílias, pois com o que ganham garantem o sustento de quem está longe. Existem aqueles que temem a hora em que os portões serão abertos e, assim, postos em liberdade. Liberdade para a maioria é não ter o que comer, abrigo e trabalho. Do lado de fora dos portões, eles temem o que vão encontrar.

Nem todo preso pode ser produtivo dessa maneira. Existe a ala de segurança maior, e nesse lugar ficam os cães. Aqueles que dificilmente poderiam conviver com os outros. Indivíduos cuja maldade é a verdadeira prisão. São maus. Não existe reabilitação para isso.

Enfileirado e agachado, Vladimilson apanha um punhado de barro e o coloca na forma. Com as mãos, ele acomoda o barro e, de palmas esticadas, alisa o topo. Espera poucos segundos para, com a ajuda do cabo de um martelo, dar algumas estocadas nas laterais do molde e desprender o tijolo úmido. Terminado, ele avança meio passo para o lado e repete o processo.

Depois de algumas horas, o tijolo será levado para um grande galpão coberto por telhas de amianto. No período de inverno e com os dias chuvosos, toda a produção é armazenada no galpão. Nos dias quentes, fica exposta ao sol.

Ainda não chove, mas dentro de algumas horas choverá. Dois homens levam os tijolos modelados para dentro do galpão, onde serão empilhados em prateleiras e permanecerão assim por dias, antes de irem ao forno.

Quando a chuva cai, eles continuam o trabalho debaixo de um toldo de proteção. Proteção para os tijolos, nem tanto assim para os condenados.

Vladimilson tem boa reputação e nunca teve problema com os outros presos. É um sujeito falante e prestativo. Para cada três dias de trabalho, um dia é reduzido de sua pena. O dinheiro que ganha está depositado numa conta. Quando sair, poderá recomeçar sua vida do lado de fora. Tudo para ele caminha bem, porém o que aperta seu coração é o silêncio dos irmãos. Nunca teve resposta de nenhum deles, mas insiste em escrever. Quase toda semana ele manda uma carta.

O crime que cometeu foi acidental, mas ele foi imprudente. Terrivelmente imprudente. Trabalhar com o barro e modelar tijolos o faz sentir-se melhor. O contato com aquilo que acredita ter sido o início da criação do homem o faz sentir-se redimido perante Deus.

Há meses um dos presos tem provocado Vladimilson. Tudo começou durante uma partida de futebol. Um desentendimento sobre a marcação de um pênalti foi o início do fim de seus dias de paz. Ele sente os olhares do homem espreitando-o, como um cão que o fareja. Ele trabalha no forno da olaria junto de outros homens, entre eles Erasmo Wagner, amigo de Vladimilson.

Os dias são duros. Há pouco tempo para pensar e muitas obrigações a serem cumpridas. Na penitenciária de Abalurdes o modelo adotado tem alcançado bons resultados, mas sabe-se que nela mora a escória e todos estão marcados para sempre.

Enquanto molda o barro, Vladimilson tenta moldar o próprio caráter através do esforço. Mas ele é exceção. A maioria dos homens é moldada a concreto. São duros feito rocha. Inquebrantáveis de espírito, torpes.

Os fornos da olaria ficam encravados num morro. Grandes aberturas, espécie de cavernas, e sobre uma superfície plana os tijolos são acomodados e assados durante longo tempo.

Quando retirados, são empilhados para resfriarem e depositados dentro do galpão até serem transportados por um caminhão para a distribuidora.

Erasmo Wagner está sempre com o corpo quente, mesmo nos dias frios. Já teve duas pneumonias e seu pulmão ficou enfraquecido depois que teve tuberculose. Faz um ano que não tem doença alguma. Provavelmente o corpo está se adequando às instabilidades de temperatura.

O trabalho já havia terminado para a maioria e os condenados começavam a se agrupar para voltarem às suas celas escoltados. Vladimilson lavava as mãos em um balde de água, já bastante suja, próximo de um dos fornos. Estava sozinho, quando sentiu a facada pelas costas. O homem não dizia uma palavra, somente sua respiração estava acelerada. Vladimilson não caiu no chão. Foi sendo empurrado pelo homem enquanto este o esfaqueava e jogado dentro do forno próximo e ainda fumegante, pois os fornos nunca são apagados. Muito ferido, não conseguiu sair, mas gemia abafado.

O homem juntou-se ao grupo e na contagem faltava um. Erasmo Wagner pressentiu por todo o dia um vestígio negro rondando o local. Sentia a morte que assolava aquele lugar. Olhou para o homem que se mantinha intacto, sem demonstrar qualquer sinal do que havia feito. Dois policiais vão à procura de Vladimilson. Outros foram acionados. Uma hora depois o encontraram torrando dentro do forno, mas ainda com vida.

Erasmo Wagner, dois dias depois, numa oportunidade preparada por outros presos amigos de Vladimilson, matou o homem com as próprias mãos. O esganou até a morte em sua cela. Pela manhã os policiais somente recolheram seu corpo e não tocaram no assunto. Consta no laudo que morreu de parada cardíaca. Não se deve perder tempo com a escória. Pela tamanha habilidade de Erasmo Wagner em esganar pescoços, especularam que ele poderia remover o lixo excessivo da cadeia, mas ele disse que não. Que precisaria de motivos para isso. Motivos pessoais. É um homem de princípios.

* * *

É madrugada quando Ernesto Wesley ouve uma agitação vinda do quintal. Jocasta, que costuma estar sempre alerta, porém silenciosa, está agitada. Ele ouve o impacto de seu corpo correndo de um lado para o outro, eufórica. Veste um agasalho pesado e vai até o quintal com uma lanterna. A lâmpada dos fundos está queimada. Chama pela cachorra e não nota nada de diferente. Jocasta mantém seu semblante de anormalidade e baba pelas laterais da boca. Ele caminha pelo quintal, verifica o minhocário, a cerca de arame, os cantos, e não encontra nada. Murmura com a cadela, questionando o porquê de sua agitação. Imagina serem os ratos. Chama a atenção de Jocasta e volta para a cama. Ernesto Wesley acorda algumas horas depois com a claridade do dia perpassando as frestas da janela de seu quarto. Esqueceu as cortinas abertas. No dia anterior trabalhou poucas horas e foi liberado cedo, mas hoje precisa cumprir um plantão de quarenta e oito horas.

Tenta não pensar em Ronivon e em tudo o que pode estar acontecendo com ele. Mas não consegue. Isso é tudo em que ele tem pensado. Para preparar o café, coloca um canecão de água para ferver. Enquanto a água ferve, toma um rápido banho quente. Num coador de pano com pó de café encaixado na boca da garrafa térmica, ele despeja a água fervente. Termina e fecha a garrafa. Veste-se e vai até a padaria próxima de sua casa comprar pão, fatias de mortadela e manteiga.

Volta para casa em seguida e senta-se para tomar seu café da manhã. Liga o rádio numa estação de notícias e passa cerca de quinze minutos comendo, sem pressa. Já está vestido para ir ao trabalho. A bolsa com seu uniforme e itens pessoais está sobre o sofá da sala. Para ele será importante que o dia seja cheio. Precisa se manter bastante ocupado.

Terminado o café da manhã, apanha embaixo da pia o saco de ração de Jocasta e abre a porta dos fundos.

A cadela vem cumprimentá-lo. Ele troca a sua água e deposita um punhado farto de ração em duas tigelas, para que haja comida suficiente enquanto ficar fora.

Há dois ratos mortos próximos da porta. Ele os embala e os coloca no lixo. Volta à cozinha e apanha um pacote de sementes de girassol. Num pote plástico, deposita um punhado delas para Jocasta, que imediatamente se assenta para comer sossegada.

Ernesto estranha o fato de as galinhas de dona Zema estarem ciscando em seu quintal. Olha para o quintal ao lado e tudo está silencioso. Deserto. Há dias não vê qualquer movimento do outro lado de sua cerca.

As galinhas, muitas delas, estão ciscando dentro de um vão aberto em seu quintal.

Estranha, pois as galinhas sempre avançaram em direção ao minhocário, e próximo dele não há nenhuma delas.

Ernesto Wesley aproxima-se das aves com a intenção de espantá-las. Acredita que possam estar ciscando alguma coisa morta, como ratos, por exemplo. Algum morto por Jocasta. Mas, enquanto caminha até o local infestado de galinhas, pensa que Jocasta jamais deixaria as galinhas bicarem seus ratos mortos. É uma cadela possessiva e já está acostumada a deixar o fruto de sua vigília ao lado da porta de seus senhores.

Ernesto espanta as galinhas até chegar ao centro do rebuliço, onde a maioria se encontra. Elas não recuam, avançam em direção ao buraco. Ernesto espanta-as com força e cacarejando elas esvoaçam para as laterais. O rosto, as mãos e parte dos braços de dona Zema estão em frangalhos. Os ossos já estão à mostra. Ernesto segura um engulho. Espantado, tenta imaginar o que aconteceu. Olha para Jocasta, que está comendo as sementes de girassol.

Corre o mais rápido que pode até um telefone público que fica na padaria. Liga para o seu quartel e pede para entrarem em contato com a polícia. Sem demora, uma equipe de resgate chega à sua casa e em seguida a polícia.

Dona Zema, irritada com os ataques às suas galinhas que insistiam atravessar a cerca de arame para ciscarem no minhocário de Ernesto Wesley, decidiu envenenar Jocasta. Preparou salsichas com veneno de rato em grande quantidade e jogou no quintal para a cadela. Ficou de tocaia por algum tempo esperando que ela comesse, mas Jocasta apenas cheirou as salsichas e não comeu nenhuma. Dona Zema apanhou o único bife na geladeira, que descongelava para o almoço do dia seguinte, e o envenenou. Decidiu pular a cerca de arame e insistir mais com a cadela. A madrugada estava gelada, tanto que punha até mesmo Jocasta para se recolher. Quando a mulher chegou ao quintal, a cadela veio até ela e cheirou o que tinha nas mãos. Dona Zema jogou o bife no chão e esperou. Sentiu algumas pontadas no peito e falta de ar. As pernas ficaram pesadas e não conseguia mais caminhar. Dona Zema desmaiou, no que fosse talvez um princípio de derrame ou coisa que o valha. Caída no quintal, Jocasta passou toda a madrugada abrindo uma cova, um buraco que fosse o suficiente para cobrir a pequena mulher que ela era. Dona Zema ainda estava viva quando foi enterrada. As salsichas e o bife envenenados, a cadela empurrou com o focinho para os cantos do quintal. Pela manhã, Jocasta estava muito suja de terra, mas tudo o que Ernesto Wesley fez foi lhe dar um banho com água morna e chamar sua atenção para não se sujar tanto.

Os policiais chegaram e liberaram os bombeiros para retirarem a mulher. Encontraram o bife e as salsichas espalhadas pelos cantos do quintal. Levaram o material para um laboratório. Constataram o veneno, e o médico-legista descobriu que a mulher foi enterrada viva e que se revirou para tentar sair da cova em que estava. No dia seguinte, Ernesto Wesley começou a construção de um muro. Isso implicava suas economias, mas com a ajuda do senhorio ele faria o muro e teria alguns meses de desconto no aluguel.

* * *

Depois de todo o incidente, Ernesto Wesley foi trabalhar no turno da noite. Ronivon não havia chegado ainda, mas tudo já estava em ordem no quintal. Não havia vestígios do que acontecera logo pela manhã. Ele estava preocupado com o irmão e deixou um bilhete pedindo para que Ronivon ligasse assim que chegasse em casa. Deixou um cartão telefônico para a ligação junto do bilhete sobre a mesa da cozinha.

Não houve telefonema, mas assim que o sol nasceu houve um sinistro na estrada para atender. Um cavalo havia sido morto fazia três dias, provavelmente atropelado por um veículo grande. A estrada tem pouca movimentação, o que facilita a fuga de responsáveis por acidentes. Ninguém viu, mas a população nas imediações começou a sentir o terrível mau cheiro. Os pedaços do cavalo estavam espalhados em alguns pontos da estrada. Não havia nenhum abutre sobrevoando. Fato curioso é que em Abalurdes nunca se veem abutres. A população se responsabiliza por devorar seus mortos e restos, transformando-os em cinzas. O cavalo apodrecido exalava o pior cheiro que Ernesto Wesley já sentira em sua vida. Era possível percebê-lo a um quilômetro de distância. Quanto mais os homens se aproximavam, mais a carniça ardia em seus sentidos. Protegidos por máscaras, luvas e botas, eles se espalham pela estrada removendo com uma pá os pedaços do animal e colocando-os em sacos plásticos. Terminado o serviço, estão todos impregnados. No quartel, todos tomam banho para retirarem o cheiro. Talvez o banho sirva para Ernesto

Wesley remover também algumas pesadas lembranças, já que se tratava do mesmo trecho da estrada em que a filha fora morta. Era comum jogar uma rosa naquele local. Mas o banho só remove o cheiro da carniça, as lembranças permanecem e ele precisa conviver com elas, todos os dias. Ele passa mal e vomita, ainda debaixo do chuveiro. Mesmo acostumado a ver tantas coisas terríveis, o que o enfraquece é pensar na filha morta.

Terminado seu plantão, ele volta para casa. Ronivon ainda não chegou. Anda pelo minhocário e remove alguns focos de formigueiro indicados pela cadela. Depois de tudo arrumado, senta-se no quintal, enrolado num cobertor, e adormece com Jocasta aos seus pés.

Acorda com uma batida no portão. Levanta-se e entra em casa. Ronivon passa direto para o quarto e não atende aos cumprimentos de Ernesto. Ele senta-se no sofá da sala e espera que o irmão fale com ele. Depois de vinte minutos, Ronivon decide falar. Está visivelmente cansado.

— Como foi lá?

— Foi tudo bem.

— Tudo bem como?

Ronivon tira da mochila uma garrafa plástica de desinfetante com capacidade para dois litros, com rótulo cor de violeta e fragrância lavanda. Está cheio pela metade com as cinzas do irmão.

— Diga alô ao Vladimilson.

Ernesto olha para a garrafa enquanto Ronivon a coloca em cima de uma mesinha à sua frente. Ronivon senta-se em uma poltrona e coloca os pés na mesinha. Está mais confortável, porém não menos consternado.

— Resolvi tudo por lá mesmo. Não teria feito nenhuma diferença se você tivesse ido. Quando eu cheguei lá, ele olhou pra mim, estendeu a mão e teve uma parada cardíaca. Ele queria dizer alguma coisa, mas só gemeu. A única coisa que eu disse foi "porra". Fiquei muito assustado. Não deu pra dizer mais nada. Corri e chamei uma enfermeira, mas eles não conseguiram reanimá-lo.

Ernesto Wesley apanha a garrafa de desinfetante sobre a mesinha e coloca em seu colo.

— Consegui arranjar tudo com um pequeno crematório de lá mesmo. Um amigo meu que é cremador me quebrou o galho e passou o Vlad na frente pra eu não esperar muito e poder voltar hoje.

— E como ele estava?

— Muito mal. O Vlad parecia um pedaço de carvão. Não ia aguentar mesmo. Estava destruído. Sem rosto. Todo queimado.

Eles ficam em silêncio.

— Quem fez isso com ele?

— Disseram que foi uma discussão com outro preso e tudo começou numa partida de futebol.

— Ele nem gostava muito de futebol.

— Foi o que eu pensei.

— E o que vão fazer?

— Nada. Não vão fazer nada.

Ernesto Wesley sacode a cabeça em sinal positivo e permanece em silêncio olhando para os seus próprios pés.

— Por que não vão fazer nada?

— Soube que outro preso matou o sujeito que matou o Vlad. Era amigo do Vlad e vingou ele. Foi muita covardia o que o assassino fez com ele. Jogou o Vlad dentro do forno da olaria. Antes disso, deu várias facadas nele. Um miserável.

— Acho que precisamos escrever pro preso que vingou o Vlad pra agradecer.

— Eu não tinha pensado nisso. Acho que sim.

— Você sabe o nome dele?

— Erasmo Wagner. Falta muito pouco pra terminar de cumprir a pena, foi o que disseram.

— Eu vou escrever pra ele.

Após dizer isso, Ernesto Wesley caiu em trevas. Permaneceu imóvel e pensativo. Durante muito tempo recusou as cartas do irmão, mas agora queria saber mais sobre Vladimilson. Ernesto Wesley abaixou a cabeça e chorou segurando a garrafa de desinfetante. Ronivon o abraçou e os dois choraram pelo resto do dia. Choveu muito durante todo o tempo.

Naquela noite ele começou a escrever uma carta para Erasmo Wagner. Uma longa carta. Erasmo Wagner nunca recebeu cartas na prisão, e essa, ele a manteve no bolso. Quando foi solto, visitou Ernesto Wesley e Ronivon. Passaram algumas horas conversando sobre Vladimilson e rindo de como ele era desajeitado. Foi assim por toda uma tarde de verão. Em momento algum falaram de desgraças, mesmo cercados e aterrorizados por elas. As lembranças de dores eram suprimidas pelo que tinham de melhor, e o melhor que tinham era a vida, e chegará o momento em que ela deixará de existir para todos. Eles celebravam o fato de estarem vivos, mesmo sem perceberem. São eles homens que aprenderam a seguir em frente e a direcionar o olhar para o foco menos miserável possível.

Capítulo 10

Dias depois, Ronivon leva J.G. até a sua casa. Jocasta o reconhece assim que ele chega, porém mostra-se impertinente e importa-se apenas em comer as sementes de girassol da sua tigela. Ernesto Wesley termina de desidratar três bandejas de minhocas no forno de tijolos recém-construído no quintal. Havia recebido uma encomenda grande dos colegas do trabalho que sairiam para pescar no dia de folga.

J.G. anda pelo quintal e localiza o melhor lugar para plantar a muda de rosas brancas que traz. Uma muda de uma das roseiras plantadas por ele no cendrário do crematório. Ernesto Wesley e Jocasta juntam-se a eles. J.G., com dificuldade, ajoelha-se e cava um buraco na terra. Ronivon deposita as cinzas de Vladimilson que continuavam guardadas dentro da garrafa de desinfetante. Ele passa a garrafa ao irmão que termina de esvaziá-la. J.G. ajeita a terra e planta a muda de rosas brancas. Os irmãos fazem o sinal da cruz em silêncio. J.G. olha desconfiado para Jocasta que nunca permitiu que ele plantasse qualquer coisa no quintal durante o curto tempo em que morou lá. Mas a cadela permanece quieta e deitada observando tudo durante todo o tempo.

— Já terminei — diz J.G. levantando-se.

— Agora é só esperar — diz Ronivon.

— Daqui a pouco é primavera — fala J.G.

Ernesto Wesley não diz nada, mas coloca algumas estacas de pau ao redor da planta para protegê-la de Jocasta, até a cadela se acostumar com a novidade no quintal. Ronivon apanha um terço que foi da mãe e o coloca pendurado em uma das estacas.

Ernesto Wesley sente paz ao concluir essa tarefa. Todos os dias, ele espiará a roseira e sob seus olhos ela crescerá e florescerá. Apanha sua bolsa e vai para o trabalho. Novamente faz o sinal da cruz e lê uma oração pregada atrás da porta da sala. Nessa profissão, nunca é possível prever o que pode acontecer e se voltará para casa. Mas já está acostumado ao imprevisível, à morte e aos horrores.

* * *

O crematório Colina dos Anjos volta a funcionar. Sobre o que aconteceu noites atrás, ninguém dá um pio. Tornou-se proibido falar do assunto. O novo forno é recebido com entusiasmo. Pela manhã, quando Ronivon atravessa os portões do Colina dos Anjos, percebe uma mulher parada a poucos metros de distância. É Marissol, filha de Palmiro. É jovem, mas de aparência cansada. Tem os cabelos pintados de louro, veste-se com roupas apertadas e botinha roxa de verniz. Está fumando e parece agitada.

— Você é o Ronivon?

— Pois não?

— Eu sou a Marissol.

Ronivon sente-se zonzo, pois achava que a mulher nunca apareceria. Pensava que Marissol pudesse ser fantasia do velho Palmiro, mas ali estava. Ele estica a mão e a cumprimenta. Convida a mulher para entrar no crematório e esperá-lo na recepção. Minutos depois Ronivon retorna do subsolo.

— Ele te escreveu muitas vezes nesses oito anos.

— Eu recebi algumas cartas, mas me mudo muito. Não paro em lugar nenhum.

— Ele esperava todos os dias você dar notícia.

Ela permanece calada e acende outro cigarro.

— Ele te deixou tudo o que tinha de valor. Está aqui.

Ronivon entrega o saquinho com os dentes de ouro. Ela confere o conteúdo.

— Estão todos aí. Pode contar se quiser.

Ela faz que não com a cabeça.

— Tem um bom dinheiro aí. Ele tinha uma fortuna na boca.

Ela ri timidamente. Nervosa.

— Me deixou os dentes. Eu nunca pensei que pudesse ser isso.

— Ele só falava de você e que os dentes eram seus quando morresse.

Ela coloca o saquinho dentro da bolsa, agradece e pergunta onde ele está. Ronivon aponta para a goiabeira e diz que está enterrado aos pés da árvore.

— Vocês torraram ele? — a mulher pergunta com certa ironia.

— A gente cremou ele, sim.

— Eu já imaginava. Nessa porcaria de lugar tudo termina desse jeito. Tudo vira cinza.

Ela se cala. Ronivon permanece à sua frente, esperando que ela fume mais um pouco.

— É o lugar mais triste que conheci na vida — ela diz.

— Eu nunca conheci outro lugar — responde Ronivon, consternado.

Ela termina o cigarro e joga a ponta no chão. Diz obrigada a Ronivon e vira-se sobre as botinhas de verniz. Marissol segue até a árvore onde o pai está enterrado. Ronivon cumprimenta-a com um aceno de cabeça e se abaixa para apanhar a ponta do cigarro. Geverson aproxima-se dele ao perceber que a mulher se afastou e os dois ficam parados, lado a lado, observando-a se distanciar até a árvore.

— É a filha do Palmiro, né?

— Sim. Veio buscar os dentes.

— Boa bisca essa aí. O que ela disse?

— Não muito.

Marissol fica algum tempo olhando para a árvore. Fala um pouco e chora um pouco também. Tudo em Marissol é um pouco. Depois atravessa o portão do Colina dos Anjos e desaparece ao virar à direita.

* * *

Ernesto Wesley recolhe os mortos dos escombros incendiados após retalhar o fogo com jatos d'água. Foi um dia longo e o frio não deu trégua. Choveu em momentos intercalados e nem mesmo isso arrefeceu o fogo, pois este quando desperta está pronto para consumir sem cessar. A chuva de cinzas foi contínua por um longo tempo, e, assim como a neve branca e delicada que embranquece a paisagem e a torna feérica, dá-se o oposto com o derramamento de cinzas, que torna tudo sombrio e devasta qualquer resquício de esperança. O fogo começou numa fábrica de tecidos a cerca de vinte quilômetros do centro de Abalurdes e tomou conta de todo um quarteirão. Residências, estabelecimentos comerciais, escolas, tudo foi sendo devorado em lambidas espalhadas pelo forte vento. A volumosa fumaça negra e espessa feito um muro de concreto foi vista de muito longe e, misturada ao vermelho do fogo, criou imagens distorcidas no ar que sinalizavam fúria, desespero e morte.

Depois de controlar o fogo, é preciso ter cuidado com o que restou, ou seja, os escombros. Estes desabam a todo instante e auxiliam na destruição, pois, às vezes, alguém que escapa do fogo pode ser interditado pela queda de estruturas imensas que o esmaga.

É uma profissão complicada essa. Todos os dias Ernesto Wesley está disposto a se lançar para a morte; não para morrer, mas para se salvar. Assim como Palmiro entendeu que os seus dentes eram um bem precioso, Ernesto Wesley também sabe que, no fim, tudo o que resta são os dentes, e que devem ser cuidados para que, se um dia não escapar do fogo que enfrenta corajosamente, não se torne apenas carvão animal.

Este livro foi composto na tipografia Minion Pro Regular,
em corpo 12/17, e impresso em papel off-white
no Sistema Digital Instant Duplex da
Divisão Gráfica da Distribuidora Record.